视频书
vBook

纪念中国人民志愿军抗美援朝出国作战70周年

（1950—2020）

中央广播电视总台《英雄儿女》创作组

人民出版社

责任编辑：余　平

装帧设计：林芝玉

责任校对：吴容华

图书在版编目（CIP）数据

英雄儿女／中央广播电视总台《英雄儿女》创作组著 . — 北京：

　　人民出版社，2021.3

ISBN 978 − 7 − 01 − 022554 − 8

I. ①英… 　 II. ①英… 　 III. ①电视纪录片 − 解说词 − 中国 − 当代 　 IV. ① I235.2

中国版本图书馆 CIP 数据核字（2021）第 021547 号

英雄儿女

YINGXIONG ERNÜ

中央广播电视总台《英雄儿女》创作组

人民出版社 出版发行

（100706　北京市东城区隆福寺街 99 号）

涿州市星河印刷有限公司印刷　新华书店经销

2021 年 3 月第 1 版　2021 年 3 月北京第 1 次印刷

开本：710 毫米 × 1000 毫米 1/16　印张：14

字数：168 千字

ISBN 978 − 7 − 01 − 022554 − 8　定价：58.00 元

邮购地址 100706　北京市东城区隆福寺街 99 号

人民东方图书销售中心　电话（010）65250042　65289539

目 录
CONTENTS

一

祖国召唤

1950 年 6 月 25 日，朝鲜战争爆发，战火烧到了新中国的边境。诞生不到一年的中华人民共和国面临危难的时刻。经过再三斟酌，中央政治局扩大会议上统一了认识，作出决定，抗美援朝、保家卫国。中华民族千千万万的英雄儿女，响应祖国号召，义无反顾地投入到抗美援朝、保家卫国的伟大战争中。

北京，雄伟壮丽的天安门广场。

2020 年 9 月 30 日，我们的祖国再一次迎来了"烈士纪念日"。

自 2014 年以来，每年的这一天，在北京，在全国，都要举行隆重的纪念仪式。纪念在长期的斗争中，无数革命先烈，为着民族的独立、国家的解放和人民的幸福，抛头颅，洒热血，建立的丰功伟绩。他们的名字将永远铭刻在历史的丰碑上。

今天，祖国的每一分钟，都在进行着生机勃勃的崭新创造，都发生着日新月异的巨大变化。

第七个"烈士纪念日"：以国之名，向烈士致敬

2020 年 9 月 30 日，"烈士纪念日"向人民英雄敬献花篮仪式

辽宁丹东鸭绿江

但是，我们不能忘记曾经走过的过去。

辽宁丹东市，鸭绿江水缓缓流淌，为我们讲述着 70 年前发生的故事。

诞生不到一年的中华人民共和国面临危难的时刻，中华民族千千万万的英雄儿女，响应祖国号召，义无反顾地投入到抗美援朝、保家卫国的伟大战争中。他们用鲜血和生命，捍卫了国家安全，维护了世界和平。

1950 年 6 月 25 日，朝鲜战争爆发。

这本来是发生在朝鲜半岛的一场内战，但由于美国的强势介入和直接出兵，把美丽的三千里江山变成了第二次世界大战之后的最大战场。

6 月 25 日，在中南海，毛泽东主席突然接到电话，是周恩来总理打来的。毛泽东在电话里得知，朝鲜战争爆发了！

据秘书回忆：毛泽东对战事发展非常关注，也很忧虑。此时大陆基本解放，解放台湾也摆上了日程，正在积极做着军事、外交、物质等各方面的准备和部署，国内政治、经济形势处于十分敏感和关键的时刻。毛泽东曾指示中央有关部门的负责人，密切关注事态发展并做好应对准备。

6月27日，美国杜鲁门政府悍然派兵进行武装干涉，发动对朝鲜的全面战争。同时，他命令美军第七舰队侵入台湾海峡。声称"阻止对台湾的任何进攻"，赤裸裸地干涉中国内政。

美国的倒行逆施，激起了中国政府和中国人民极大的愤慨。

中国的安全面临着严重威胁。全国各地爆发反对美帝国主义侵略朝鲜、侵入台湾海峡的群众集会和游行。

6月28日，毛泽东主席在中央人民政府委员会第八次会议上号召"全国和全世界的人民团结起来，进行充分的准备，打败美帝国主义的任何挑衅"。

朝鲜半岛的炮声，打破了人们宁静的生活。

战斗在新中国建设战线的工人、农民、知识分子，用实际行动响应毛泽东主席的号召。加紧生产，多出一炉钢，多产一斤粮，为了战争和建设事业！

1950年7月7日，美国操纵联合国安理会成立了由16个国家组成的所谓"联合国军"，任命麦克阿瑟为"联合国军"总司令。

面对严峻形势，中共中央军委两次召开紧急会议，讨论保卫国防问题。7月13日，根据毛泽东主席的提议，中央军委作出了关于保卫东北边防的决定——成立东北边防军，迅速向中朝边境集结。

毛泽东发表《打败美帝国主义的任何挑衅》的讲话

【2000年采访】洪学智（时任志愿军副司令员兼后方勤务司令部司令员）

"中央为了加强东北鸭绿江的海防，这时候调了四野部队13兵团，调了38军、39军、40军、42军这些部队，去加强东北边防。"

【2020年采访】吴继云80岁（时任志愿军第42军军长吴瑞林之子）

"当时我还不到10岁，那一天放暑假，我们在家里吃饭，突然跑来一个通信员，进来敬礼报告以后说：'首长，东北军区紧急电报。'我父亲当时打开一看，一句话没说，把筷子放下立马就出发了。"

号令传来，祖国召唤！

一夜之间，在河南休整的第四野战军部分主力部队和分散在各地担负整训、生产、作战、运粮等任务的战士们，又打起背包，拿起了武器。

【2020年采访】萧模林90岁（时任志愿军第38军炮兵团政治处组织干事）

"6月25号朝鲜战争爆发以后，我们部队就把这个黄豆，长了有十几公分高了，交给地方，部队开拔。"

【2020 年采访】刘峻 91 岁（时任志愿军第 39 军保卫部一科科长）

"那时候很多都是种地去了。38 军、39 军、40 军作为全军的（战略）预备部队，就把我们直接调到辽阳，东北的辽阳。"

【2020 年采访】武际良 88 岁（时任志愿军第 42 军文化教员）

"42 军是全军里头第一个到北大荒搞军垦生产戍边的，6 月份朝鲜战争爆发了，我们军就放下锄头扛起枪。"

【2020 年采访】龙加林 90 岁（时任志愿军第 40 军 119 师政治部俘虏收容队押管员）

"40 军刚刚打完海南岛，解放海南岛回来广州，就有紧急任务了，刚好是我们机动兵团叫我们到东北，当东北边防军。"

祖国召唤，军令如山！

列车风驰电掣向东北进发。战士们纷纷猜测，这次行动的目的地到底是哪里？战士们问班长，班长问排长，排长问连长，得到的回答是："来，咱们齐唱一首歌《三大纪律八项注意》，革命军人个个要牢记——预备起！"

组建东北军，火速集结鸭绿江

【2000 年采访】李淼生（时任志愿军第 38 军政治部干事）

"什么事都没说，就把部队拉走了，当时部队很匆忙。"

【2000 年采访】杨雨田（时任志愿军司令部电台队队长）

"7 天 7 夜不能下火车，我在火车上架个电台对部队联络，就问每个部队到什么地方，到什么位置了，调动相当紧急的。"

【2020 年采访】李坚婉 87 岁（时任志愿军司令部报务员）

"6 个男的、6 个女的，就是跟随部队北上，到哪里去不知道。"

【2020 年采访】鲁哉 93 岁（时任志愿军第 38 军 114 师政治部宣传队队员）

"我们就是从湖南桃源出发，经过洞庭湖坐大轮船，然后到武汉坐上火车闷罐车，直奔东北。"

武汉三镇，九省通衢。

北上的部队，如奔腾的江水，在这座英雄的城市集结，中转北上。

江汉关的钟声，在英雄儿女们听来，已成为祖国召唤的节奏。

这时，第四野战军第 38 军 114 师正在湖北武昌，等待中转北上。有位转业干部叫曹玉海，曾在这个部队担任过营长。抗日战争和解放战争中，他曾 7 次立功。在渡江战役中，他身负重伤，转

武汉江汉关大楼的钟

业到地方工作，在武汉监狱担任监狱长。这时，他正准备结婚，未婚妻是在住院疗伤时结识的白衣天使。

听说东北形势紧张，曹玉海急匆匆地找到了老部队，要求重新入伍，再赴战场。他说，谁不让咱们过好日子，咱们就跟他拼，跟他干！部队首长深受感动，他的请求得到批准。他重披战袍，告诉未婚妻，打完仗咱们就结婚。

1951年2月，在抗美援朝战争第四次战役汉江南岸坚守防御作战中，营长曹玉海带领战士们坚守京安里北350.3高地，与敌血战7天7夜，打退敌人的第七次冲锋，他的头部、胸部被弹片击中，壮烈牺牲在战壕里。此时，他还不满28岁。

1950年8月，美国空军在对朝鲜北部狂轰滥炸的同时，连续出动飞机轰炸我国东北边境城市和乡村，把战火烧到了新生的中华人民共和国国土之上。

辽宁安东（今丹东）民房遭美军飞机轰炸

【2020年采访】曾焰91岁（时任志愿军坦克第1师2团1连1排1号车车长）

"打到鸭绿江边了，他轰炸我们安东（今丹东），我们作为解放军，能不能让他们这样，那当然不能了。"

1950年9月，朝鲜局势进一步恶化。9月15日，美国军队在"联合国军"总司令麦克阿瑟的指挥下，在仁川登陆，并迅速向三八线推进。

面对美国的威胁，9月30日，周恩来总理向美国政府发出严正警告："中国人民热爱和平，但是为了保卫和平，从不也永不害怕反抗侵略战争，中国人民决不能容忍外国的侵略，也不能听任帝国主义者对自己的邻人肆行侵略而置之不理。"

置之不理 对自己的那人样行侵略而 器。父不能听任帝国主义者 人民决不能容忍外国的侵 告的反抗侵略者战争。中国 为了保卫和平，从不也永不 中国人民热爱和平，但是

周恩来

周恩来警告美国
政府，中国人民
不会对外国侵略
置之不理

【2013 年采访】李维英（时任志愿军第 42 军政治部宣传
科科长）

"周总理提出了警告，无论如何不能越过三八
线，越过三八线我们不能置之不理，就是已经表明
我们的态度。"

【2013 年采访】孟照辉（时任志愿军司令部作战科科长）

"他（麦克阿瑟）根本不理睬，所以照样过来
了，越过三八线，照样向鸭绿江前进。在这种情况
下，周总理还召见了印度大使，跟印度大使讲我们
要管，你过三八线，我们就要管。"

1950 年国庆群众
游行

1950 年 10 月 1 日，新中国的第一个国庆日。这一天，意气风发的人民群众举行了盛大的国庆游行，人民解放军举行了阅兵式。然而，当晚庆祝国庆的焰火还没有熄灭，欢乐的人们还没有从天安门广场散去，中南海颐年堂中，气氛却十分紧张而凝重。

这天，由于朝鲜出现的危局，朝鲜劳动党和朝鲜政府向中共中央和中国政府发出了请求，急盼中国予以特别的援助，出兵朝鲜。

随后的几天，中共中央连续召开会议，讨论朝鲜问题。

和平遭到破坏，家园面临侵略。

出兵，还是不出兵？担任毛泽东主席秘书很多年的胡乔木回忆，毛泽东曾经说过，他一生中有两个决策最难决断，一个是1946 年与国民党决裂，一个就是抗美援朝。如果出兵，这将是第二次世界大战以来，武器装备、力量对比最悬殊的一场大规模战争。这是一次力量对比极其悬殊的较量，毛泽东当然清楚我们的家底。而不出兵，形势就将进一步恶化。

毛泽东忧心忡忡，他说，别人处于危急时刻，我们站在旁边

毛泽东和秘书
胡乔木

看，不管怎么说，心里也难过。他还说："现在是美国人逼着我们打这一仗的。打得一拳开，免得百拳来，我们抗美援朝就是保家卫国。"

闻鼙鼓而思良将，毛泽东想到了彭德怀。

1950 年 4 月 15 日，陇海铁路最西端的天兰铁路动工，它东起甘肃省天水市，西至甘肃省会兰州市，是新中国成立后在西北修建的第一条干线铁路。

如今，从天兰铁路到兰新高铁，从古丝绸之路到"一带一路"，大西北再度迎来崛起的契机。

70 年前，时任中共中央西北局第一书记的彭德怀和时任中共中央西北局书记的习仲勋，以战略家眼光集中精力恢复当地工农业生产，筹划西北建设。

1950 年 10 月 4 日，一架来自北京的苏制运输机突然飞抵西安机场。

彭德怀被中央从西北紧急召到北京。

闻鼙鼓而思良将，毛泽东想到了彭德怀

彭德怀与习仲勋
筹划西北建设

【2000年采访】杨凤安（时任彭德怀军事秘书）

"当时他正在开西北局会议，研究恢复生产和大西北的建设问题。北京突然间去了一架飞机，这架飞机到的时候快到中午了。等到中午的时候，这个会议还没散，飞机去了人找了。我说不行，赶快接彭老总到北京。问他什么事，人家不讲，说保密呀。"

彭德怀以为中央要讨论西北经济建设问题，就收拾了一大堆规划方案和调查报告，匆匆离开会议室，直奔机场。

彭德怀于当日下午4时赶到中南海。此时，中央正在召开政治局扩大会议。进入会场时，彭德怀发现会议气氛很不寻常。

这时他才知道，会议的主题是：关于中国是否出兵支援朝鲜。

彭德怀后来回忆说："当晚住在北京饭店，我怎么也睡不着，我以为是沙发床，此福受不了，搬到地毯上也睡不着了。想着美国占领朝鲜与我隔江相望，威胁我东北，又控制我台湾威胁我上海华

出兵决策（油画）

东，它要发动侵华战争，随时都可以找到借口。"

10月5日的政治局扩大会议上，彭德怀鲜明地表示了看法。他说："老虎是要吃人的，什么时候吃，决定于它的肠胃，向它让步是不行的。出兵援朝是必要的，打烂了，最多就等于解放战争晚胜利几年就是了。所以迟打不如早打。"

经过再三斟酌，政治局扩大会议上统一了认识，作出了决定，抗美援朝、保家卫国。

【2013年采访】杨凤安（时任彭德怀军事秘书）

"毛主席在10月8号发布了抗美援朝的命令，任命彭德怀任志愿军司令员兼政治委员，13兵团东北边防军就改称为（中国人民）志愿军。"

一个在新中国历史中特殊的军事名词"中国人民志愿军"诞生了。在以后的日子里，被全世界所关注，并最终成为坚强不屈、勇敢的代名词，永远铭刻在了世界战争史中。

中国人民志愿军
领导机关

1949年10月，苏联文化科学艺术代表团来中国访问，周恩来、邓颖超接见代表团成员和中苏友好协会总会成员。在周恩来身边担任翻译的高个子青年，就是毛泽东的长子毛岸英。融洽的交谈，娴熟的翻译，给人一种亲切感。毛岸英1946年从苏联回国，新中国成立初期他在中苏交往中担任翻译工作。

10月7日晚上，毛泽东在中南海菊香书屋，设家宴为彭德怀送行，毛岸英作陪。吃饭的时候，毛岸英对彭德怀说："彭叔叔，抗美援朝，上前线打仗可有我一份。"彭德怀听说毛岸英要去前线，马上表示不同意。彭德怀说，去朝鲜有危险，美国飞机到处轰炸，在后方搞建设也是抗美援朝。毛泽东说："你就收留了他吧。岸英会讲俄语、英语，你到朝鲜，让他担任翻译工作也好。"彭德怀同意了。后来，彭德怀曾经说过，毛岸英是中国人民志愿军的第一个志愿兵。

一个多月以后，在朝鲜战场，志愿军司令部遭到美国飞机轰炸，毛岸英牺牲。

后来，毛泽东曾向老朋友周世钊袒露心迹："当然，你说如果

彭德怀心目中
中国人民志愿军
的第一个志愿兵

毛岸英（左三）在周恩来身边担任翻译

我不派他去朝鲜战场，他就不会牺牲，这是可能的，也是不错的。但你想一想，我是主张派兵出国的，如果我不派我儿子去，先派别人儿子去前线打仗，还算什么领导人呢！"

有送子上前线的领袖，就有奋不顾身的战将。

毛泽东、毛岸英、刘思齐、李讷在一起

40 岁的邓华将军，接到任命他为东北边防军第 13 兵团司令员的时候，他二话没说，告别家人，迅即北上。

【2000 年采访】李玉芝（邓华夫人）

"邓华说：'瓦罐难免井上破，将军难免阵上亡。'他就预计到和美军作战是立体战争、现代化战争，是很残酷的。但这是任务，当军人一直服从命令，所以他跟我讲了这么一段话，我现在记忆很深。"

【2000 年采访】杜平（时任志愿军政治部主任）

"按照中央的指示、按照军委的指示，指到哪里打到哪里，勇敢地去战斗，要胜利、一定要胜利，第一个要敢打，第二个要能打，而且一定要打胜。"

正在湖北的解放军第 50 军，接到开赴东北的命令，正在养病的军长曾泽生急匆匆赶回部队。有人说，军长身体不好，这次行动是不是不要去了？曾泽生不容置疑地说："我要去！一定要去！"

【2020 年采访】吕品 97 岁（时任志愿军第 50 军 149 师 447 团副政委）

"我们作为一个军人，只要我们党、我们国家一声令下，我们就服从上级的调动，去执行抗美援朝这个光荣的、神圣的任务。"

　　1950 年 10 月，美国在联合国大会上通报中国人民志愿军第 42 军过江："10 月 16 日，中国军队第 42 军第 124 师的第 370 团大约 2500 名士兵组成，越过鸭绿江。"

【2020 年采访】吴继云 80 岁（时任志愿军第 42 军军长吴瑞林之子）

　　"1950 年 10 月 16 日下午 6 点，萧剑飞 124 师副师长带队，不像美国人说的 2000 多人，几百人的先遣部队入朝了。"

　　入朝作战之前，部队进行了临战动员。"抗美援朝、保家卫国"成为那个年代的最强音。广大官兵纷纷递交决心书、请战书，一批接一批参战的部队，斗志昂扬地奔赴朝鲜战场。

【2020 年采访】于泽 91 岁（时任志愿军工兵第 16 团战士）

　　"这些人都是从战斗里成长的，也是从战斗里锻炼的，所以一有经验，二都是翻身农民。大部分不怕死，所以当时说（所谓）'联合国军'有多少个国家来，谁也没有怕过，出兵走就走。"

【2020 年采访】张春芳 92 岁（时任志愿军第 47 军 140 师政治部干事）

　　"一直差不多快打到鸭绿江了，这个时候，我们再不能忍受了。"

【2020 年采访】李久芳 91 岁（时任志愿军工程兵第 7 团文工队队长）

"那时士气相当高昂，为了祖国，大家就是听到美国进到鸭绿江边，跟丹东对面，占领了新义州，要进入中国了。"

【2020 年采访】沈冠明 90 岁（时任志愿军第 63 军 187 师 560 团 1 营炮兵连指导员）

"不打不行，不打美国鬼子（就）打到中国来了，不行，非打不可。抗美援朝，援朝是援朝，抗美还是保卫我们自己的国家。这两个都是一致的。"

【2020 年采访】郭忠臣 94 岁（时任志愿军第 42 军 125 师 373 团 1 营 1 连排长）

"死就死了，伤就伤了，就这样，不怕死。第一个不怕苦，第二个不怕死。"

【2020 年采访】杨锦炎 90 岁（时任志愿军第 20 军炮兵团侦察兵）

"大家一听'保家卫国'这个口号那是很激动的，为了保卫咱们东北的重工业，国家需要我们，所以当时情绪都非常高涨。"

【2020 年采访】武际良 88 岁（时任志愿军第 42 军文化教员）

"我们哭着喊着写血书啊，写血书递上去，不过江算怎么回事？打美国鬼子争着去。"

【2020 年采访】赵汝平 89 岁（时任志愿军第 54 军 130 师文工队队员）

"尽管说那个时候也知道美国鬼子挺厉害，但是他要打到咱们鸭绿江边，这个必须得干回去。"

这时，在全国掀起了声势浩大的爱国群众运动，"抗美援朝、保家卫国"的口号响遍了中华大地。

新闻播报："光荣属于中国人民志愿军，全国各地人民踊跃报名，要求参加志愿军，到朝鲜去消灭美国侵略者。"

声势浩大的爱国群众运动

【2020 年采访】史祥彬 86 岁（时任志愿军第 67 军 199 师 595 团战士）

"我们乡里边就有号召抗美援朝、保家卫国的参军运动，在全乡召开的征兵动员大会上，我就报名参军了。"

【1999 年采访】杜秀明（时任山东历城县农委书记）

"凡是分到了土地的这些贫下中农，年轻人都自觉报名参军，所以搞了一个营，一个区搞一个营，很厉害了，都报名参军。抗美援朝、保家卫国，保卫自己的土地财产。"

给我一支枪，跨过鸭绿江

正在进行或刚刚完成土地改革的新解放区，广大翻身农民为了保卫胜利果实，掀起了报名参加志愿军的热潮。人口只有 2000 万的浙江省，先后有 100 多万农民报名参军。一些没有得到批准的人说，参军比考秀才还难！

农民集会抗议美帝侵略

青年学生踊跃报
名参军

　　各少数民族的优秀儿女，积极投身到志愿军的行列。新疆伊
犁、塔城、阿山（今阿勒泰）3 个地区少数民族青年报名参军人数
超过 7000 人。

　　祖国的呼唤，广大青年学生作出了最为迅速的响应。志愿军报
名队伍中有大量青年学生。

【2020 年采访】李清廉 91 岁（时任志愿军工兵指挥所政
治干事）

　　"号召 30 万知识青年参军、参干、参加志愿军，
好多中学生、大学生都踊跃报名，积极性很高。"

【2020 年采访】张宣初 92 岁（时任志愿军空军第 8 师 22
团 1 大队机械师）

　　"我们青年班有 30 个同学，要留两个同学在
学校当教员，都不愿意当教员，都愿意写决心书到
部队去。当时就是说，恨不得给我一支枪，跨过鸭
绿江，跟敌人拼个你死我活。"

创办于 1905 年的复旦大学是中国人最早自主创办的高等学府之一。著名教育家、复旦大学校务委员会负责人陈望道，是知识界的一位典型代表。毛泽东曾经对美国记者斯诺说过，有一本书影响了他的一生，这就是陈望道先生翻译的《共产党宣言》。

1950 年深秋，在陈望道的鼓励和支持下，复旦学子们爱国热情高涨，踊跃报名，与各地人民一道投身抗美援朝、保家卫国的热潮中去。

【2020 年采访】陈冀胜 88 岁（中国工程院院士）

"有 100 多名学生吧，最后经过批准参加了解放军，实际报名人数大概有三倍，两到三倍。我在化学系，我们也成立了一个战斗队，名字叫居里战斗队，因为是化学系，以居里夫人的名字命名。"

陈冀胜为响应国家号召，在复旦大学化学系第一个报名，并与 8 名同学参加了新中国第一批防化学兵，为新中国国防化学、生物事业作出了重要贡献。

朱甘泉，在 1949 年考入了复旦大学新闻系，立志学成要为新中国的发展贡献自己的一份力量。

"哪里需要，我们就去哪里。"他和同学们毅然加入了抗美援朝的行列。

这些学子临行前，陈望道先生左右思量，在朱甘泉的参军纪念册扉页上，用翻译过《共产党宣言》的手，亲笔写下了"和平砥柱"四字箴言！

这，成了朱甘泉一生守望的信念。

和平砥柱

陈望道

陈望道在朱甘泉的参军纪念册扉页上写下"和平砥柱"四字箴言

【2019 年采访】朱健（朱甘泉之子）

"老校长陈望道先生对这些像他孩子一样的学生，那都是依依不舍的。我父亲就把这个笔记本一直随身珍藏，真的是珍藏，直到他去世。"

在重要的历史关头，总会出现热血青年的身影。他们挺身而出、一往无前、真情奉献的壮举，熔铸着我们的民族精神。

各地学子热血沸腾，山东大学不到两个小时，就有 514 名大学生报名参军；华东地区报名参军的青年学生更达到 23 万人。而当年，全国就有 58 万青年和学子报名参加志愿军和军事干部学校！

【2020 年采访】黄会林 86 岁（时任志愿军高炮第 512 团政治处宣传员）

"我们（北）师大附中 9 月份还正正规规地老师讲课、学生听课，就 10 月份这个战争一下起来以后，停课了。而且上街游行，表示我们的决心，我们要用生命、鲜血保卫新生的共和国，就是这样一个心思。"

朝鲜战争爆发时，在大洋彼岸，大批海外学子们有的已经踏上了回国之路。他们中的很多人，后来参加了抗美援朝运动，投身新中国的经济建设。

【2000 年采访】颜鸣皋（中国科学院院士）

"号召大家回新中国参加建设，我觉得当时的知识分子都有爱国心，这个爱国心其实是什么，就觉得是我们自己的国家，我们需要为自己的国家来建设，建设新中国。"

"两弹元勋"邓稼先，就是其中一员。

1950 年 8 月，邓稼先取得了普渡大学博士学位，他那时刚满26 岁，被人们称为"娃娃博士"。导师非常赏识他，多次提出带他到英国继续研究事业，邓稼先都婉言谢绝。

邓稼先的博士毕业照

一批海外华人华侨和留学生乘坐"威尔逊总统号"轮船回国

在此之前，周恩来总理向海外华人华侨和留学生发出召唤，希望他们早点回来参加新中国的建设。钱学森、朱光亚等百余名科学家和留学生相继回国。钱学森在回国途中被关押，赵忠尧、罗时钧和沈善炯在日本被美国情报部门扣押。后来在祖国人民和世界科学界的声援下才恢复自由。

邓稼先归心似箭，在拿到博士学位的第九天，就不顾安危，登上了"威尔逊总统号"轮船，从美国洛杉矶出发回国。

这批海外科学家的归来，为新中国现代科技、国防事业奠定了基石，以后，为中国撑起了一片强国强军的天空。

麻扶摇，是志愿军炮兵第1师的连副政治指导员。部队在进行临战动员时，官兵们的请战书像雪片一样飞来。"保卫和平，保卫祖国，就是保卫家乡"成了热词，战士们在发言中说，要"雄赳赳，气昂昂，横渡鸭绿江"；几乎所有发言中都有"打败美帝野心狼"这句口号。

海外学子归国，撑起了强国强军的天空

【2000年采访】麻扶摇（时任志愿军炮兵第1师26团5连副政治指导员）

"为什么最后用一个'打败美帝野心狼'，敌人是亡我之心不死，比狼还残忍。第二天，在全团誓师大会上，我代表全连进行宣誓的时候，一念就是这个出征诗。宣誓以后，团里的《群力报》、师里的《骨干报》都以显著位置刊登了。"

著名作曲家周巍峙看到了这首诗后，激动不已。他用了半个小时时间，在一张草稿纸上，为这首诗谱出了曲，并用最后一句当题目，就是《打败美帝野心狼》。由于当时不知道原作者是谁，署名就写成"志愿军战士词"。这首歌发表在11月30日《人民日报》上，它像长了翅膀一样，迅速在全军、全国广为传唱。

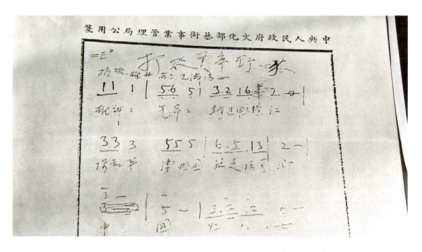

【2020年采访】邬戈 89岁（时任志愿军第23军文工团演员队队长）

"'雄赳赳气昂昂跨过鸭绿江，保和平卫祖国就是保家乡！'这么一唱，战士们的劲都鼓起来了。

你一唱他就跟着你一块唱，这个气氛非常热烈，战斗意志很强，打倒一切敌人。"

《中国人民志愿军战歌》的诞生

从那时起，一代又一代中国军人都从这首激昂的战歌中获得了生命里最真诚的感动，它凝结了中华民族自强不息的信心勇气。它永久地萦绕在每一位志愿军战士的心头！

文工团为志愿军战士演奏

极限战争

1950 年 10 月 25 日，志愿军第 118 师，打响了抗美援朝的第一仗，这一天也因此被确定为抗美援朝纪念日。

赴朝参战的英雄儿女以弱战强。松骨峰战斗，被称为"朝鲜战场上一次壮烈的战斗"。作家魏巍含泪写出长篇通讯《谁是最可爱的人》。长津湖之战，志愿军出现了成建制牺牲在阵地上的"冰雕连"……经过五次战役，志愿军把战线由鸭绿江推回并稳定在三八线附近。

1950 年 10 月 19 日，志愿军司令员彭德怀秘密进入朝鲜，要迅速与已经撤出平壤的金日成取得联系。

就在这一天，美军占领了平壤。

【2020 年采访】顾本善 87 岁（时任志愿军司令部机要秘书）

"彭总出去的时候，就带了几个警卫员。没想到敌人进入得这么快，平壤一失守很快就快到鸭绿江了。"

彭德怀与金日成
交流战况

5 天后，志愿军第 118 师师长邓岳和政委张玉华率部向彭德怀报到，他们是彭德怀见到的第一支志愿军部队。

那天的情景，张玉华历历在目。

【2000 年采访】张玉华（时任志愿军第 40 军 118 师政委）

"彭总那个情绪，那么高兴，他说，哎呀！你们来了，没吃饭做饭吃。我们说，吃饭了。彭总说，倒水，好，你们总算来了，来，来看地图……"

10 月 19 日，就在彭德怀进入朝鲜数小时后，志愿军第 38 军、39 军、40 军、42 军及炮兵部队共 25 万人隐蔽进入朝鲜。

此时的朝鲜战局，形势极为险恶。敌军在占领平壤后，以 4 个军 13 万余人的兵力，毫无顾忌地向鸭绿江推进，进展迅速。麦克阿瑟声称，要在 11 月 23 日感恩节前占领全朝鲜。

当时的中美作战力量对比悬殊。的确，几乎没有人怀疑以美国为首的所谓"联合国军"将在这场战争中取胜。因为装备实力的巨

抗美援朝战争初期的朝鲜战局形势险恶

大差距就摆在那里。

1950 年，在朝鲜战场，美军一个军拥有坦克 430 辆；中国人民志愿军最初入朝的 6 个军，一辆坦克也没有。

美陆军一个师的师属炮兵有 432 门榴弹炮和加农炮，当时志愿军一个师的师属炮兵仅有一个山炮营，12 门山炮。

美军运输全部机械化，一个军拥有汽车约 7000 辆；志愿军主力第 38 军入朝时只有运输车 100 辆，第 27 军入朝时则只有汽车 45 辆。

空中力量则更无法相比。美国空军在朝鲜拥有 1100 架作战飞机。志愿军当时别说作战飞机，连防空武器都极端缺乏。

海军方面，美军拥有舰艇 200 余艘，而当时的志愿军并没有海军参战。

这是一场完全不对称的战争。

陌生的战场，强大的敌人。10 月 25 日，南朝鲜军一个营闯入两水洞。邓岳和张玉华指挥隐蔽在这里的志愿军第 118 师，沿公路两侧发起突袭，打响了抗美援朝的第一仗，抗美援朝五次战役的第一次战役由此展开。这一天，志愿军第 118 师、第 120 师和第 42 军，在三个地方同时展开作战。因此，10 月 25 日被确定为抗美援朝纪念日。

这是一场完全不对称的战争

【2020 年采访】王扶之 97 岁（时任志愿军第 39 军 115 师 343 团团长）

"虽然敌人的武器比我们强，但我们也不害怕，去迎接那个战斗。"

无畏的战士、忘我的战斗精神，这支被誉为"旋风部队"的志愿军劲旅，在温井战斗中出击迅速，瞬间让敌人乱了阵脚。

【2012 年采访】张玉华（时任志愿军第 40 军 118 师政委）

"着装快、吃饭快、集合快、出发快、抢占山头快！这样才能打胜仗。"

激战中，班长秦永发面对敌人的钢铁巨兽，毫不犹豫地举起爆破筒冲了上去，勇敢地将爆破筒插入坦克履带。随着一声巨响，敌军坦克偃旗息鼓，张狂全无。

【2020 年采访】沈冠明 90 岁（时任志愿军第 63 军 187 师 560 团 1 营炮兵连指导员）

"打仗是靠勇敢，咱们装备比美国鬼子差远了，靠勇敢，靠玩命，非打不可。"

秦永发成为入朝作战第一位以肉体与钢铁搏斗、打掉敌军坦克的英雄。他打坦克的招数也成了此后朝鲜战场上，志愿军步兵打坦克的遵循范例。

作战中，轻狂的敌军被打得不知所措。360 团班长石宝山发现，

志愿军以肉体与敌军坦克搏斗

被围困敌人想借着弥漫的硝烟夺路逃跑，他只身挡住了逃敌的去路。敌人蜂拥而上，但他们小视了志愿军的勇气，石宝山果断拉响了爆破筒……

年仅 25 岁的石宝山成为朝鲜战场上第一位与敌人同归于尽的志愿军勇士。

【2020 年采访】黄宝善 89 岁（时任志愿军战地摄影队记者）

"什么叫血性，那真是血性！"

【2020 年采访】赵汝平 89 岁（时任志愿军第 54 军 130 师文工队队员）

"敌人的钢铁硬、武器硬，但是没有我们的人硬。"

65 年后，参加指挥这场战斗的张玉华带着荣誉和自豪庄严地通过天安门广场，这一年他 99 岁。

2015 年 9 月 3 日，张玉华接受祖国检阅

英雄儿女

温井战斗胜利结束 5 天后，1950 年 11 月 1 日，志愿军第 39 军在朝鲜北部的交通枢纽云山，与美军王牌骑 1 师遭遇，这是中美两支军队在朝鲜战场上的首次交锋。

当晚，志愿军参战部队如尖刀般直捣美骑 1 师第 8 团指挥中心。惊慌失措的敌人被迫丢弃大量重型装备，仓皇突围。志愿军连长周仕明率领全连飞兵敌人南逃的必经之路——诸仁桥。

【2013 年采访】周仕明（时任志愿军第 39 军 115 师 345 团 4 连连长）

"当时团政委讲得很清楚。他说，周仕明，路上不恋战，你要插到位，守得住，就是打光了，你也不能让敌人跑掉一个，这是一个死命令，你必须守住。"

周仕明身先士卒，带领 4 连与敌人展开了白刃搏斗。月光下，一个美国兵把枪口瞄准周仕明，千钧一发，通信员刘万生一个箭步将连长扑倒在地，而刘万生自己则被子弹击中，牺牲在连长的身上……

幸存下来的周仕明至死都忘不掉趴在他身上牺牲的刘万生。

诸仁桥一仗歼灭美军一个营，几天后，美国陆军取消了这个营的番号。

1950 年 11 月 5 日，第一次战役胜利结束。志愿军将敌军从鸭绿江边驱逐到清川江以南，初步稳定了朝鲜战局。

第一次战役结束两天后，11 月 7 日，新华通讯社第一次公开报道了中国人民志愿军入朝参战并取得重大胜利的消息。

志愿军的胜利在美国引起了震动。但是，"联合国军"总司令麦克阿瑟却坚持认为，中国没有实力和美国交战，只是象征性出兵。于是，他指挥 5 个军 22 万余人，发起了圣诞节前结束战争的

新华通讯社第一
次公开报道志愿
军入朝参战

总攻势。麦克阿瑟向部下说，"告诉你们的孩子，可以在圣诞节回
家过节了"。

运动战的第二次战役，从 1950 年 11 月 6 日开始。面对来势汹
汹的敌人，志愿军诱敌深入，以少数兵力将敌军引向预设战场。

1950 年 11 月 25 日，志愿军发起反击。6 个军首先从西线进攻，
一支由 323 人组成的侦察先遣队在侦察科副科长张魁印的率领下，
直插德川以南的武陵里。

这些先遣队员身着南朝鲜军服装，趁着夜色，冒着风雪，爬山
沟，走小路，一路前行。

第二次战役示
意图

英雄儿女

【2013 年采访】张魁印（时任志愿军第 38 军侦察科副科长）

"碰上了一个庄子，那里敌人有哨兵，哨兵就喊了，我们的翻译就跟他答了。他说，你们是从哪来的？我们从后边来的。你们上哪儿去？我们上前面去。他就停了，继续站他的岗，我们就这样进去了。"

20 世纪 60 年代，八一电影制片厂摄制的一部电影《奇袭》，反映的就是这个故事。这是一次可称之为"具有现代意义"的特种作战。

经过 40 个小时强行军，侦察分队到达武陵桥。战士们搭成人梯，把 160 公斤炸药安放在桥墩上。这时，由南面开来敌人 5 辆满载军火的卡车。一声惊天动地的巨响，大桥和卡车一齐飞向空中。武陵桥的炸毁，为取得胜利创造了条件。

【2020 年采访】张勇手 87 岁（时任志愿军第 60 军文工团团员）

"《奇袭》票房当时一个亿，《奇袭》创造了这么一个奇迹，就是人民看了《奇袭》，很高兴、很喜欢。"

特战被拍成电影《奇袭》，票房一个亿

为了关门打狗，彭德怀下令第 38 军 113 师向三所里穿插，堵住美军南逃退路。

这是一次超越极限的强行军。113 师必须在一昼夜行军 70 余公里，插到三所里。

行军途中，美军侦察机突然出现在空中。副师长刘海清没有让部队隐蔽，而是下达了一个超出常规的命令。

【2000 年采访】刘海清（时任志愿军第 38 军 113 师副师长）

"我就下了一个命令，往后传，所有的部队，敌人的飞机来了，不再隐蔽，去掉伪装，快步前进，拉开距离，快步前进。"

勇敢智慧的决策，成功误导了敌机，让敌人以为这是从德川溃散南逃的南朝鲜军，敌机随之离去。志愿军穿插部队由此赢得了宝贵时间。

此时，志愿军总部气氛异常紧张。因为 113 师在行军途中，为防止被敌军发现，实行了无线电静默。

【2000 年采访】杨雨田（时任志愿军司令部电台队队长）

"彭总很着急，因为他在这次战役中的任务相当重的，他非常关键。插到敌后，如果在敌人重兵的纵深里面，人家把 113 师吃掉的话，那整个战役计划就全部破坏了。"

【2020 年采访】陈生秀 89 岁（时任志愿军第 38 军 113 师 338 团 3 营机枪连指导员）

"这一夜 145 华里就是小跑，我都吐白沫子了。到了三所里，上那个坡的时候，我就吐白沫子。"

【2013 年采访】高天正（时任志愿军第 38 军 113 师 337 团警卫连副指导员）

"这时候 113 师给志愿军总部 38 军军部发了一个信号，什么都不说，就说飞虎、飞虎，就是我到了。"

收到这份密码电报，彭德怀兴奋地说："好！告诉他们，要像钢钉一样钉在那里！"

5分钟后，美骑1师前卫队赶到这里，向三所里发起疯狂的进攻。但如钉子般钉在这里的113师，没给敌人留下任何机会，牢牢锁住了敌人南逃的大门！

情急之下，敌军在地图上发现了另一条生路——距三所里不远处的龙源里。但敌人的这一条去路，同样被志愿军113师尖刀连先行抢占。

在距龙源里十多公里的松骨峰，志愿军112师335团3连，与蜂拥而至的敌人展开激战，全连100多名勇士，打到最后仅剩下7人，为围歼敌人创造了条件。

【2020年采访】张嵩祖86岁（时任志愿军政治部文工团团员）

"志愿军战士跟那个美国兵抱在一起，两个手插到鼻子里拉，自己腰被捅了，一个刺刀捅那里，就这样打到阵亡。"

志愿军与敌人在松骨峰展开激战

【2000 年采访】范天恩（时任志愿军第 38 军 112 师 335 团团长）

"敌人扔那个汽油弹浑身带火，有十几个带火的人扑向敌人，抱到一块儿烧死。抠都抠不开，抱的。"

松骨峰战斗之后，作家魏巍来到现场，他含泪写出长篇通讯《谁是最可爱的人》，这篇文章成为歌颂志愿军伟大牺牲精神的经典之作！

谁是最可爱的人

【2020 年采访】王天成 88 岁（时任志愿军总部情报处情报参谋）

"这次战役，38 军打得好，彭德怀司令员嘉奖电报上说：'（中国人民）志愿军万岁！38 军万岁！'就出现这个'万岁军'了，就是从这来的。"

第二次战役东线战场的长津湖之战，是一场让亲历者想起来就会泪流满面、至死难忘的战斗。

1950 年 11 月中旬，志愿军第 9 兵团 15 万人，在美军侦察机的眼皮子底下，悄无声息地进入到长津湖战场的指定位置。

【2020 年采访】李士瑜 93 岁（时任志愿军第 20 军 89 师作战科书记）

"我们部队是晚上行动，白天都在山里面，都藏着。这是美国人没想到的。"

美国人拍下的美
国士兵被冻死的
画面

长津湖是朝鲜北部最大的湖泊，据美军战场气象记载，这一年的战场夜间气温最低达到过零下 40 摄氏度。

当年美国人拍下美国士兵被冻死的画面，当时美军穿的是制式防寒服，配备有鸭绒睡袋。

与对手相比，志愿军第 9 兵团奉命出国作战时，由于战事紧迫，许多人仅身着南方部队下发的单薄棉衣。在长津湖，他们首先面临的就是寒冷极限的考验。

第 9 兵团参战部队在冰雪荒原中，潜伏了整整 6 昼夜。今天的人们无法想象，在那极端高寒的旷野里，伴着刺骨的风雪，10 多万志愿军将士到底经历了怎样的生理、心理和精神上的磨砺。

【2020 年采访】鲁哉 93 岁（时任志愿军第 38 军 114 师政治部宣传队队员）

　　"所以有好些战士都是在这种情况下冻坏了，脚冻坏了，脚趾头前面一多半，冻半截，冻得发紫那就要送到后面去，就要手术，就要截肢，不截肢不行。"

当总攻号吹响的时候，这些已经在雪地里潜伏了6昼夜的勇士们却依然如猛虎下山，向敌军发起突然攻击，迅速将峡谷中绵延近百公里的美军切为5段，分割包围。

【2013年采访】孙荣臣（时任志愿军第20军58师172团8连副指导员）

"枪栓冻了，拉不开了，你打枪你怎么打呢？尿小便，把它滋热，加热，加热了以后把枪栓拉开。打上两枪以后，枪热了它就好弄了，就这样打的。"

【2020年采访】古文正90岁（时任志愿军第20军58师174团班长）

"雪下得都分不清，大雪下得这么厚，1米多的雪，敌人那个帐篷都是雪盖着，都分不清这是山头，还是帐篷什么东西。这个时候我们排长突然开火，我们一起开火，一下把敌人打蒙了。"

此时，战场上的人们看到了潜伏阵地上惊天地、泣鬼神的另一幕。

【2013年采访】邹世勇（时任志愿军第27军79师235团3连副指导员）

"我们是上午9点多钟从这个地方路过的，战士们一个个在那个雪坑里，枪都朝着公路摆着，我一看就知道这是20军的部队，有的戴着大盖帽，每一个人的耳朵都用毛巾把它这么样围着在那儿。我们从那儿过，他们不动，我就过去看看，都冻僵了，起码有120个人，那个场面真是悲壮，那是永生难忘。"

冰雕连（油画）

　　这些牺牲在阵地上的烈士，个个手握钢枪，注视前方，保持着冲锋的状态，仿佛一群随时准备跃然而起的冰雕。

　　【2020 年采访】李士瑜 93 岁（时任志愿军第 20 军 89 师作战科书记）

　　"当时打扫战场的人非常感动，也很激动，说了两句话，大家讲了，勇士和阵地同在，英雄和日月同辉。"

　　长津湖战斗冲锋号响起时，周全弟没能站起来，之后因严重冻伤被截去双腿、双手。

　　【2020 年采访】周全弟 86 岁（时任志愿军第 26 军 77 师 231 团 1 营 2 连战士）

　　"手上麻木了，腿麻木了，站不起来了，我们正式要打，但是我爬不起来了。看着战友往前冲，我使劲往起爬，起来爬，都爬不起来。"

零下 40 摄氏度潜
伏 6 昼夜，勇士
和阵地同在

失去双腿和双手
的周全弟

　　70 年了，每当有人问到长津湖战斗，他只说自己一生最大的
遗憾是没有完成任务，从不提失去双腿和双手……

　　当年，遭到痛击的敌军向附近的临时机场仓皇突围。下碣隅里
的一个小高岭上，志愿军第 20 军 172 团连长杨根思带领一个排，
阻击美军"王牌"——陆战第 1 师部队。

　　解放战争时期，杨根思是闻名华东的"爆破大王"。他曾出席
过全国英模代表大会，受到毛泽东主席、朱德总司令的接见。

　　在长津湖，杨根思和战友们以"人在阵地在"的英雄气概，捍
卫着英雄的荣誉。

　　为了攻下小高岭，敌人猛烈的炮火如犁地般把小高岭炸成一片
焦土，连山上的松树也被烧成了木炭。

　　此时，阵地上只剩下杨根思和两名战士。

【2020 年采访】古文正 90 岁（时任志愿军第 20 军 58 师
174 团班长）

　　"杨根思一看都围上他了，把炸药一拉就爆炸

了。当场就炸死敌人二三十人，杨根思当然也粉身碎骨了。"

杨根思是朝鲜战场上第一位"特级英雄"，荣立特等功，他生前所在连队后来被命名为"杨根思连"。

在朝鲜战场上，杨根思为他的连队留下了这样的铮铮誓言："不相信有完成不了的任务，不相信有克服不了的困难，不相信有战胜不了的敌人！"

1950年12月6日，志愿军进入平壤。中朝军队收复了三八线以北全部地区，第二次战役胜利结束。第二次战役历时一个月，彻底扭转了朝鲜战局。敌军一口气溃退了300公里。

美国国务卿艾奇逊哀叹说，这是"美国历史上路程最长的退却"。

面对战场的不利态势，美国又提出"先停火，后谈判"的主张，企图争取时间，准备再战。

杨根思生前所在连队被命名为"杨根思连"

志愿军在平壤市
内追歼逃敌

　　为了挫败美军阴谋，1950 年 12 月 31 日，中国人民志愿军和朝鲜人民军发起了第三次战役，打过三八线。

　　1950 年最后一天，汉江北岸大雪纷飞。在临津江前线，部队发起冲击。

【2020 年采访】夏昌明 92 岁（时任志愿军第 50 军 148师 528 团炮兵）

　　"棉衣脱了，系在脖子上；裤子、棉鞋也系到脖子上，就过江了，水到这么深，就蹚这个大江，把腿冻坏了，到现在这个腿筋遇见天冷，走道就不行。"

　　当年的一位美军顾问，后来回忆起他看到的那一幕，是这样描述的：他们跑得很慢，因为他们的裤腿被冻住不能弯曲，他们的火力很弱，枪好像也被冻住了，他们僵硬地在移动。我们用卡宾枪、机关枪和大炮向他们射击，可总是不断地有人冲过江面。江水红了，洁白的冰雪也红了，我被那些无畏死亡的士兵灵魂震撼了！当时我就知道，这是一场没有希望的战争。

美军顾问：我知道
这是一场没有希望
的战争

在志愿军疾风扫落叶般的攻击下，敌军被迫放弃汉城向南退却，担任掩护任务的英军第 29 旅被志愿军第 50 军截住。

【2013 年采访】林家保（时任志愿军第 50 军 149 师 445 团 1 营教导员）

"步枪没有用，刺刀没有用，战士干着急。怎么办呢？大家一研究啊，一定要找准时机，你就炸履带，炸别的地方没有用。"

照片上这位被人们高高举起的英雄叫李光禄，是 149 师副排长，志愿军特等功臣。面对敌人隆隆开来的坦克，没有配备一辆坦克装备的志愿军部队，毫不畏惧地与敌军坦克展开了激烈搏斗。李光禄将两个爆破筒捆在一起，塞进坦克履带，一声巨响，这辆坦克"趴了窝"。随后，李光禄又飞身爬上另一辆坦克，拉开炮塔盖，将手榴弹投了进去。一声闷响，坦克歪在了一边。顿时，阵地上响起了"揭盖盖，揭盖盖"的吼声。伴着震耳欲聋的爆炸声，敌军一辆辆"丘吉尔坦克"瘫痪了。

李光禄被人们高高举起

这次围歼战共击毁和缴获敌坦克 31 辆，这是抗美援朝战争史上以步兵轻武器歼灭敌人重型坦克的成功范例。

志愿军以步兵轻武器歼灭敌重型坦克部队

【2020 年采访】吕品 97 岁（时任志愿军第 50 军 149 师 447 团副政委）

"总部都不相信的，说你们谎报军情是要杀头的，那都是不得令人相信的，可是这完完全全是事实。"

在中国人民革命军事博物馆里，有把军号作为一级文物，被永久收藏，这是当年志愿军司号员郑起吹过的冲锋号。

1951 年元月初，志愿军突破临津江，在釜谷里战斗中，第 39 军钢铁 7 连的干部大部战死。司号员郑起挺身而出，带着仅存的 7 名战士继续与敌搏杀。面对敌人疯狂的进攻，寡不敌众的郑起吹响了冲锋号，敌人纷纷溃散。

收藏在中国人民革命军事博物馆里的军号

【2020年采访】郑起88岁（时任志愿军第39军116师347团钢铁7连司号员）

"所有的机枪手榴弹子弹打得差不多了，我才想起来我干脆吧，我吹号吧。我这个号还是能吓倒敌人的。"

朝鲜战争胜利后，郑起荣立特等功，被授予"二级英雄"称号。1951年国庆节，他受到了毛泽东主席和朱德总司令的亲切接见。

2019年八一建军节，中国人民解放军实行了新的司号制度。"三军受号令，千里肃雷霆"，人民解放军的光荣传统在军号声中传承。

抗美援朝第三次战役，中国人民志愿军和朝鲜人民军从三八线推进到接近三七线，攻克了汉城。1951年1月25日，敌军以25万兵力，向志愿军发起新的攻势。这样，第四次战役开始了。

交战中美军发现，中国军队的后勤保障一直存在着缺陷，随身携带的粮食弹药只能维持7天的战斗。

郑起（二排右二）受到毛泽东、朱德接见

随即，敌人采取"磁性战术"和"火海战术"，发起了疯狂的进攻。

【2013 年采访】许克杰（时任志愿军第 12 军 34 师侦察科科长）

"人家叫我们'礼拜攻势'，我们扛着一个大炒面袋子，吃一个礼拜。行了，这一个礼拜你炒面吃光了，弹药也不多了。"

【2013 年采访】贾启玉（时任志愿军第 60 军作战参谋）

"战役一结束，往后撤的时候，美国人马上就进攻。"

如果说长津湖之战是一场攻坚战，那么，汉江南战斗就是我军历史上一场惨烈的阻击战。

白云山位于汉江南岸一处高地，是敌我双方争夺的一处战

志愿军肩扛炒面袋子

场制高点。战斗中，一个叫高喜有的战士成为高地上最后的堡垒。

【2020年采访】王占廷89岁（时任志愿军第38军114师342团4连副班长）

"我们连队的战士很少了，几个人，说老实话……"

【2020年采访】吕品97岁（时任志愿军第50军149师447团副政委）

"班长牺牲了，副班长牺牲了，排长也负了重伤，在弥留的时候，就叫还幸存的一个战士，叫高喜有，交代他，就是你一个人也要守住这个阵地。就这个叫高喜有的战士，一直守住了这个阵地。"

朝鲜战争后，经志愿军总部批准，50军授予149师447团"白云山团"荣誉称号，这是入朝参战部队中，唯一享有如此殊荣的团级单位。

高地上最后的堡垒，高喜有一个人守住阵地

白云山之战
（油画）

第四次战役历时 87 天，中国人民志愿军和朝鲜人民军共歼灭敌人 7.8 万余人，歼敌人数超过前 3 次战役的总和。敌人平均每天付出 900 余人伤亡的代价，才前进 1.3 公里。

志愿军实行车轮战方针，后续部队相继入朝。1951 年 4 月 22 日晚，中朝军队以排山倒海之势，在宽达 200 多公里的正面战线上，全线发起进攻，打响了第五次战役。在这次战役中，敌我双方投入兵力 100 多万人，是抗美援朝战争期间规模最大的一次战役。

照片上这把珍藏于军事博物馆内的冲锋枪，是志愿军 63 军 187 师战士刘光子的佩枪。在第五次战役雪马里战斗中，刘光子拿着这把枪，在战友的配合下俘虏了 63 名敌军。

1951 年 4 月 24 日拂晓，刘光子在一处山梁下发现敌军一个正在准备逃跑的炮兵连，情急之下，他端起冲锋枪一阵扫射，打蒙了山下的敌人。这之后他让两名新兵隐蔽射击，威慑敌人，自己一马当先冲向敌群。敌人搞不清到底有多少志愿军从天而降，纷纷放下武器举手投降。

就这样，浑身是胆的刘光子和两名新兵创造了志愿军单兵俘虏敌军人数最多的纪录。刘光子也因此被授予"孤胆英雄"的称号。

刘光子使用过的
冲锋枪

被志愿军俘虏的
敌军

　　铁原是三八线中部连接汉城与平壤的交通枢纽。美军第 8 集团
军司令官范佛里特奉命要拿下铁原。

　　范佛里特创造了一个军事名词：范佛里特弹药量，即一个小时
打完了 4000 吨炮弹，这是美军标准弹药量的 5 倍。铁原阻击战成
为一场突破了火力极限的恶战。

　　【2020 年采访】杨雨滋 89 岁（时任志愿军第 63 军 189
师装备助理）

　　　　"听着那个炸弹下来了，我们就张开嘴，把嘴
张开等着轰炸。你要是闭着嘴，炸弹下来能把这个
耳朵都震聋了。"

　　为分散范佛里特弹药量的打击，189 师师长蔡长元将全师 9000
多名官兵，分散在 25 千米宽、纵深 20 千米阵地的边边角角 200 多
个点位上，各自为战。

【2020 年采访】宋六一95岁（时任志愿军第 63 军 189 师 566 团 1 营排长）

"一个排起码留一个班，上两个班，这两个班伤亡完，留下的班再上。"

在这场惨烈的阻击战中，189 师出现了"狼牙山式"的英雄群体。面对敌人的疯狂进攻，副排长李秉群带领 7 名战士坚守阵地，直到弹尽粮绝。他们毅然选择纵身跳崖，5 人壮烈牺牲，3 人被挂在悬崖的树枝上生还。

铁原阻击战中，第 63 军 189 师奋勇作战，承受着巨大的伤亡。一个师仅能缩编成一个团，师长蔡长元也身负重伤，体内 11 枚弹片，陪伴了他一生，直到去世。第 63 军在这次战役中，取得歼敌 1.5 万人的战绩，但自身也付出了巨大的伤亡代价。

经过五次战役，志愿军把战线由鸭绿江推回并稳定在三八线南北地区，打击了以美国为首的侵略军的疯狂气焰。志愿军司令员兼政治委员彭德怀来到前沿阵地，面对一个个满面硝烟、衣衫褴褛的

五次战役后中朝军队在东海岸会师

彭德怀到前沿阵
地看望战士

钢铁战士，他满怀深情地说："祖国人民感谢你们，我彭德怀感谢你们！"

在野战医院，彭德怀看望指挥作战时负重伤、昏迷四天的傅崇碧军长。傅军长见到彭总的第一句话就是"我要兵"，在场的人无不潸然泪下。

1984 年 9 月，《四川日报》刊登了一则寻人启事，寻找一位失去联系的志愿军英雄柴云振。

柴云振是第 15 军 45 师的一名班长。在朴达峰阻击战中，他们全班只剩下 5 个人。大量敌军攻占了我军阵地，柴云振率领全班，仅用 10 多分钟，就把阵地夺了回来。负伤战友退出战斗，阵地上只留下他一个人，在之后与敌人的搏斗中，柴云振右手食指被敌人咬去一节。之后，他身受重伤，昏死过去……

朝鲜战争胜利后，志愿军总部给柴云振记特等功，并授予"一级英雄"称号。庆功会上，奖章和证书却无人认领。他被转移到后方医院，与原部队失去了联系。

在朝鲜民主主义人民共和国革命军事博物馆里，张贴着他的画像，并说这是"烈士遗像"。

寻找"一级英雄"
柴云振

　　第 15 军军长秦基伟却抱着一线希望。他说:"一定要找到柴云振!"

　　1984 年,柴云振在有关工作人员帮助下,与部队取得了联系。

　　1985 年,受将军之托,同是抗美援朝的参战老兵、时任八一电影制片厂导演的李娴娟前往四川岳池县大佛乡,见到了正在地里忙碌的柴云振。原来,在住院一年后,他拿着三等乙级残疾军人证,复员回到了自己的家乡岳池务农。

在家乡务农的
柴云振

　　李娴娟带着满腹的疑惑问柴云振:"你为什么不去找回属于你的荣誉和待遇呢?""难道你就不想念你的老战友?"

【2020 年采访】李娴娟 88 岁（时任志愿军文工团团员）

　　"他说,我的连长牺牲了,我的排长牺牲了,我的班长牺牲了,和我一块战斗的两个战友也牺牲了,我还能够看到谁呢?当时我们一听这个,我就觉得我的眼泪哗啦一下流下来。"

1985 年底，柴云振如探亲般回到了老部队。

面对这迟来的荣耀，老人心静如水。当再次离别时，柴云振谢绝了部队的挽留，像当年一样，返回家乡。临行前，老军长问他，需要组织为他做点儿啥？他连声说，没得啥，没得啥，都好！都好！

他云淡风轻般挥了挥被敌人咬掉了半根指头的手，返回家乡。

柴云振向老战友
挥手告别

目送着老人的背影，让我们再一次想起，在那场极限战争中，向前冲锋的中华儿女们，面对强敌，以命报国的英雄壮举。

2018 年 12 月 26 日，中国人民志愿军"一级英雄"柴云振安详逝世，享年 93 岁。

热血忠诚

1951 年 6 月，毛泽东提出"充分准备持久作战和争取和谈，达到结束战争"，以及"持久作战、积极防御"的战略方针，志愿军由运动战转为阵地战。在历时两年零一个月异常残酷的阵地战中，志愿军用鲜血和生命粉碎了敌人的"绞杀战"，建成了"打不烂、炸不断的钢铁运输线"。上甘岭战役，涌现出黄继光、孙占元、胡修道等伟大的革命英雄主义战士，诞生了让中国人热血澎湃的上甘岭精神。

1951 年 6 月初，毛泽东主席与金日成首相在北京就朝鲜问题进行商谈。随后，毛泽东提出"充分准备持久作战和争取和谈，达到结束战争"和"持久作战、积极防御"的战略方针。自此，志愿军实行战略转变，由运动战转为阵地战。在历时两年零一个月异常残酷的阵地战中，志愿军用鲜血、生命以及东方民族的智慧，筑成了牢不可破的战线，书写着对祖国和人民的无上忠诚。

毛泽东在北京会
见金日成

经过志愿军五次战役的打击，以美国为首的所谓"联合国军"逐渐丧失战场优势。1951 年 7 月 10 日，朝鲜停战谈判在开城举行。谈判中，双方在军事分界线等问题上存在分歧，美方代表口出狂言："那就让大炮、炸弹和机关枪去辩论吧！"

1951 年夏天，美国空军发动"空中交通封锁战役"，即"绞杀战"。美军出动 80% 的飞机，以一次出动数十架到百余架的规模对朝鲜北部的铁路、公路进行毁灭性轰炸，试图使朝鲜北方铁路运输完全瘫痪，使志愿军断绝供应。这时，朝鲜北部又发生了 40 年未遇的洪水灾害。志愿军的后勤保障面临着极大的困难。

【2000 年采访】洪学智（时任志愿军副司令员兼后方勤务司令部司令员）

"美国军队的狂轰滥炸叫阻隔战略。阻隔战略是什么意思呢？就是前后要我们分家，这样子来达到他消灭我们的目的。那时候他的阻隔战略使用了很大的狂轰滥炸，交通道路受到破坏，这个很严重的，是我们过去所没有遇到的。"

"千条万条，运输第一条。"志愿军建立了后方勤务司令部，志愿军副司令员洪学智兼任司令员。彭德怀对洪学智说："现在战争是一场打钢战、打粮战、打物资战的战争。前方是我的，后方是你的！"洪学智说："我们会建立起一条打不烂、炸不断的钢铁运输线！"

在丹东抗美援朝纪念馆里，陈列着一台老式蒸汽机车。这是一台功勋机车。它于 1951 年入朝，曾多次机智地躲过敌机的围堵、封锁和轰炸，将后方物资运往前线，被称为"英雄的 1115 号机车"。

英雄的 1115 号
机车

　　1951 年 7 月 12 日，1115 号机车从朝鲜的定州开往阳德。司机李国珩稳健地操纵机车向前运行。就在通过大同江桥的时候，上空突然出现了 3 架敌机。敌机俯冲投弹，火车被一片弹雨所笼罩。李国珩决心冒险突围。他高声命令："多添煤！送风器打开！快放大烟！"浓烟从机车上冒出来，敌机什么都看不见了。火车快速通过了大同江桥。两个多小时后，李国珩机车组经过与追赶的敌机斗智斗勇，终于胜利到达了阳德车站。这时，李国珩和机车组人员才知道，车上装的是一门门"喀秋莎"火箭炮。

　　袁孝文是原铁道兵 2 师 6 团 11 连副班长。1953 年 2 月 8 日，袁孝文带领两名战士在京义铁路上巡逻。他们来到一处交叉道口，一列满载物资的列车刚刚开过去。这时，敌机又来轰炸，铁路遭到破坏。为了不让后续的列车发生事故，袁孝文冲进轰炸圈里侦察线路破坏情况。敌机仍在附近上空盘旋，他俯下身子，用手摸着冰凉的钢轨爬行侦察。他发现铁道上布满了敌机投下的子母弹，便去排除，不幸被炸断了双腿，疼痛使他昏迷了过去。突然，火车的一声汽笛惊醒了他，想到列车开来触碰子母弹会翻车，便以顽强的毅力，拖着炸断的双腿，艰难爬了 300 米，身后留下了一

铁轨旁敌军投下的炸弹

行鲜红的血迹。他忍着剧痛用尽全身力气在线路的钢轨上安好了5个用来提醒火车紧急停车的信号"响墩"。当满载坦克和弹药的列车开过来，压响第二颗"响墩"后，司机立即紧急刹车，避免了事故发生。袁孝文却因失血过多而牺牲了，年轻的生命永远定格在了24岁。

清川江位于朝鲜半岛北部，东北—西南流向，长约200公里，注入西朝鲜湾。清川江是志愿军作战物资入朝后运往前线途经的第一条大河。清川江大桥是志愿军后勤补给线的重要交通枢纽。为了切断志愿军运输线，美军对清川江大桥进行了密集轰炸。志愿军展开了艰苦卓绝的清川江大桥保卫战。

志愿军铁道兵部队在清川江奋战，这些具有钢铁般意志的战士，在极度寒冷和敌机的轰炸中创造了奇迹。

【2020年采访】于泽 91岁（时任志愿军工兵第16团战士）

　　"都是零下三十几摄氏度，冰河里的冰都是这么厚了，等着你一上来，这个腿都不知道疼了，你打也不知道了。一会儿这个棉裤就跟玻璃一样了，全是冻的冰了，所以有很多人静脉全冻坏了，我也冻坏了。有的还冻黑了，把这个血管冻黑了。最后没办法，上来以后就得到医院帐篷里头，把腿锯掉了，你不把这个锯掉，它继续黑，人就完了。"

在他们中间有一位著名的英雄连长，名叫杨连第，在解放战争时就被称为"登高英雄"。

杨连第在实战中练就的高超技术，在朝鲜战场上发挥了重要作用，解决了铁路抢修中的很多难题。

1951年7月，正处于洪水期的清川江，一天水位就猛涨6米。这时，清川江大桥被敌机炸断，几十列满载军火的列车被困在桥边。杨连第第一个系上钢丝绳跳进湍急的江水里，他不会游泳，却冲在最前面。刚刚搭好的便桥，转眼又被洪水冲毁，沉在江中的重30吨的钢梁，也被洪水冲出一公里多远。

正当束手无策之际，杨连第想出一个办法，用交叉钢梁立在江底搭浮桥。

志愿军在零下三十几摄氏度的冰河里抢修大桥

杨连第（左二）
和战友们抢修
大桥

沉重的钢轨被他们一根根接上去，伸向江心。经过两个昼夜的奋战，大桥终于修通了。一列列军车顺利通过，开往前线。

1952年5月15日清晨，杨连第冒着敌军轰炸尚未散去的硝烟，再次带队察看大桥。他细心地发现新修的钢梁由于夜里过车太多震动剧烈，位移了5厘米，便指挥战士们上桥校正钢梁。这时，附近一颗定时炸弹突然爆炸。一个弹片飞来，击中了他的头部。同志们呼唤着杨连第的名字，多么希望他能再次醒来。

志愿军将士们
庆贺大桥修通

58 年后的 2010 年 5 月，杨连第长子杨长林第一次来到了清川江大桥畔父亲的墓前。

在清川江大桥保卫战中，铁道兵牺牲了 245 人。在整个抗美援朝战争中，铁道兵部队共有 1481 名官兵牺牲，2989 人负伤，1.21万人立功。

朝鲜地形复杂，山势险峻，洪水泛滥，再加上敌机日夜轰炸，公路受到严重破坏。志愿军加大公路建设，形成了三横五纵的大公路格局，在公路之间连通了密密麻麻的蜘蛛网似的支线，提高了汽车运输的效率，保持了公路畅通。

公路上的哨位叫防空哨，当时在防空袭方面起了很大作用。

【2020 年采访】张怡恩 88 岁（时任志愿军第 38 军 113 师野战医院助理军医）

"两三里一个组（防空哨），一个组两三个人，飞机一来就打枪，一打枪司机就知道了，来飞机了，赶紧开，开走。"

志愿军抢修公路

抗美援朝战场上
的汽车兵

尹继发是志愿军中一名优秀的汽车兵。在朝鲜战场上，他执行任务数百次，安全行车 4 万多公里，多次受到表彰。

1952 年 8 月，敌人飞机对志愿军一处前沿阵地进行饱和轰炸，物资难以运往前线。

经过观察，志愿军掌握了敌机空袭的规律，在敌机时常经过的地方设置了高射炮阵地。

【2020 年采访】黄宝善 89 岁（时任志愿军战地摄影队记者）

"进去以后把阵地设好，反正飞机从哪个方向来，就往哪儿打，就是迎着它，它毫无准备。它来了要俯冲的时候，高射炮集中打它，一打一个准。"

但狡猾的敌机似乎察觉到了什么，连续几天都没有出现。尹继发得知这一情况后，就向上级提出，由他当诱饵，把敌机引诱到我

尹继发

军防空区。他的驾驶技术过硬，上级批准了他的请求。

这天，太阳高照，尹继发开着伪装好的汽车出发了。不一会儿，4架敌机便从后面追了上来，并连续向他发炮。尹继发机警地开着车，一会儿跑蛇形，一会儿穿山洞，在敌机密集的炮火中穿行，按照预先设计，将敌机一步步引入我方高射炮射区。

半个小时后，敌机被引入预定空域。志愿军30门高射炮齐发，仅仅几分钟，就将4架敌机全都打了下来！

【2020年采访】赵汝平89岁（时任志愿军第54军130师文工队队员）

"高射炮打得那个密集，看得特别过瘾，这个影像始终都在脑海里面。"

在接下来的几天里，尹继发再接再厉，成功将12架敌机引入我防空区。

尹继发开车诱
敌机

这个过程险象环生，尹继发的汽车被打中了 73 次，最危险的一次，一发子弹从车顶穿下来，擦着他的头皮飞过！在他与高炮部队的配合下，这 12 架敌机全部被击落。

在反"绞杀战"中，志愿军高炮部队发挥了重要的作用。他们采取"重点保卫、相应机动"的作战方针，集中兵力，保护桥梁、车站等重要目标。

刘四，是志愿军高炮第 31 营 3 连的一炮手。他所在的部队，担负了防守黄江桥的任务。起初，敌机飞得很低，毫无顾忌地扫射轰炸。步兵部队的战士们说，这些飞贼，把我们的帽子都摘走了。志愿军高炮部队的加强，使战局迅速改观。刘四和战友们精心研究敌机规律，准确捕捉空中目标。在 11 个月中，刘四担任一炮手的高炮，击落敌机 12 架、击伤 16 架。敌机谨慎起来，不得不爬得很高，设法避开我对空射击区，盲目投弹。这样，一到晚上，公路上便出现志愿军汽车的万盏车灯，流水般地开向前线。

在反"绞杀战"中，志愿军高炮部队共击落美机 260 余架，击伤 1070 余架，极大地打击了美国空军的嚣张气焰，美军飞行

战场上的高射炮

高射炮兵研究
对空战术

员由肆无忌惮变得小心谨慎，敌机的投弹命中率由 50% 多下降
到 5%。

从 1951 年 8 月到 1952 年 6 月，在 10 个月的反"绞杀战"斗
争中，志愿军和朝鲜人民军建成了以兵站为中心、铁路与公路相
结合、前后贯通、纵横交错的兵站运输网，形成了"打不烂、炸
不断的钢铁运输线"。美国第 8 集团军司令官范佛里特说，虽然美
军的空军和海军尽一切力量企图切断志愿军的后勤供应，但中国
人民志愿军仍以令人难以置信的顽强毅力，把物资送到前线，创
造了惊人的奇迹。

【2000 年采访】洪学智（时任志愿军副司令员兼后方勤
务司令部司令员）

　　"有一个人写了一本书，要问志愿军的后勤
部部长是个什么人，问我从哪个学校毕业的。我
说，我在你们空军学校毕业的。说怎么会这样
呢？我说，我不是搞后勤的，我是搞指挥员的。
朝鲜战场上，是你们空军狂轰滥炸教会我怎么做
后勤工作的。"

洪学智：在朝鲜
战场上，是敌空
军狂轰滥炸教会
我怎么做后勤工
作的！

志愿军建立起钢
铁运输线

抗美援朝战争中曾被上百万发炮弹炸成碎石山的前沿阵地，如今已满山葱翠。但遍布山体的坑道，仍旧向后人诉说着那段英雄历史。

在抗美援朝战争中，志愿军和朝鲜人民军共构筑大小坑道1250公里，战壕和交通壕6250公里，形成了以坑道为骨干的坚固阵地防御体系，在正面战线上建起了一道地下长城。这一浩大工程，共挖土石方6000万立方米，如果以1立方米排列，就能绕地球一周半！正是这种前所未有的阵地防御体系，一次次粉碎了敌人惨绝人寰的疯狂进攻。

在铁原东北391高地的反击作战中，出现了一位为保证战

志愿军构筑坑道
工事

斗胜利而忍受烈火烧身的伟大战士——邱少云。

　　10 月 11 日深夜，邱少云和 500 名战友，进入敌军阵地前沿，在草丛中潜伏，伺机发起攻击。这是一片 3000 米宽的开阔地，距敌只有 60 米。

【2020 年采访】黄宝善 89 岁（时任志愿军战地摄影队记者）

　　"头天晚上潜伏部队进到潜伏阵地，近到什么程度，敌人说话都能听得一清二楚，腰上水壶里水的声音都能听得清清楚楚。"

　　第二天上午，突然飞来 4 架敌机，投下了几颗燃烧弹。一颗燃烧弹落在离邱少云两米远的地方，顿时，燃起了熊熊大火。邱少云身后有一条水沟，只要滚到水沟里，就可以把身上的烈火熄灭，但这样一来，就会被敌发觉。为了不暴露部队，邱少云严守潜伏纪律，在烈火烧身时，他趴在那里，一动不动，直到壮烈牺牲。邱少云被志愿军总部记特等功，授予"一级英雄"称号。

烈士邱少云
（油画）

【2020 年采访】李清廉 91 岁（时任志愿军工兵指挥所政治干事）

"邱少云殉难那个地方我去看过，当时邱少云已经走了，但是那个坑还在，他周围被烧焦的草灰还在，他下面那个土被挖一个坑，手刨的一个坑，手抓的。"

在邱少云烈士纪念馆，有邱少云使用的步枪被烧焦的枪托，有被烧焦的树桩。烧焦的树桩，至今仍然能让我们感觉到邱少云的疼痛与坚毅。烈火中的考验，令天地为之动容，山河为之垂泪，人们产生了极大的心灵震撼。

在邱少云牺牲的两天后，著名的上甘岭战役打响。

上甘岭，实际上并不是一座山，而是一个村庄名。五圣山前有两个无名小高地，只能以海拔高度命名。一个是 597.9 高地，另一个是 537.7 高地北山。两个阵地共 3.7 平方公里。这两个高地后面的山洼里，有个才十几户人家的小村庄，叫上甘岭。

上甘岭是志愿军中部战线战略要点，五圣山的前沿阵地。上甘岭有失，五圣山就直接受到威胁；五圣山若失，敌军居高临下，志愿军在平康平原就很难立足。因此，上甘岭成为两军必争之地。

邱少云烈士：烈火中的考验，天地为之动容，山河为之垂泪！

邱少云被烧毁的棉衣残片

邱少云被烧焦的枪托

此时，美国国内第 34 任总统选举即将开始，杜鲁门面对共和党对他在朝鲜战场失利的指责，想在朝鲜战场上捞取竞选资本，于是发动"金化攻势"。"金化攻势"由美国第 8 集团军司令官范佛里特亲自指挥。

敌人先后投入 6 万余人的兵力，并且又一次使出了范佛里特弹药量。向不足 4 平方公里的阵地上，倾泻了 190 万发炮弹和5000 多枚炸弹。炮火的密度，超过了第二次世界大战的任何一场战役，按他们的设想，在这样的火力密度下，不可能还有人能够生存。

强大炮火轰击之后，敌军整日以排、连、营不同规模，连续进行十次、几十次冲击，表面阵地展开了争夺战，枪炮声、喊杀声震彻山谷。志愿军白天阵地丢失了退入坑道，晚上又发起攻击夺回来。在 43 天的战斗中，敌军发动 900 场进攻，阵地 56 次易手。

面对武装到牙齿的美军，志愿军敢于胜利、勇于胜利。第 45师师长崔建功说："打剩一个连，我去当连长，打剩一个班，我去当班长。只要我崔建功在，上甘岭还是志愿军的。"

志愿军利用坑道
做掩护

【2010 年采访】李代相（时任志愿军第 47 军战士）

"飞机大炮向我们这里轰，因此这个阵地，五圣山阵地，一个山头不但没有了树木，而且把这个山头的岩石都炸低了两米。在五圣山上，我们拿回来一根木头，那个木头上面就有敌人的炮弹皮子几十块。"

【2020 年采访】汪学文 91 岁（时任志愿军第 46 军 136 师 407 团参谋）

"遇上敌人空袭的时候，在坑道里边特别难受，这俩耳朵就像两个锥子扎进去再拔出来一样，五脏六腑都震动了，都活动了好像。不是身临其境，谁也体验不出来那个难受劲儿。"

【2020 年采访】陆柱国 92 岁（时任志愿军战地记者）

"最后在上甘岭上抓起来一把是什么东西，一个是碎石头，一个是炮弹渣，一个是人的骨头，就是这三种东西，碎石头、炮弹渣和炸弹的弹皮、人的骨头。"

上甘岭的泥土，里面有碎石头、炮弹渣和人的骨头

上甘岭战役的第一天，第 45 师 135 团排长孙占元在作战中，双腿被炸断。这时，8 个美国士兵冲上来，把孙占元包围了。

【2020 年采访】李明天 91 岁（时任志愿军第 15 军 45 师政治部宣传科副科长）

"他在进攻当中，自己负了伤，我记得是左脚，一个炮弹皮，大炮弹皮，给他一下就切断了，最后光连着个皮，（脚）基本掉了。好多敌人冲上来了，冲到他后面了，他就把手雷拉开了和敌人同归于尽。"

孙占元被志愿军总部记特等功，授予"一级英雄"称号。

在上甘岭战役前夕，孙占元和他的战友们在战壕里一起憧憬以后的生活。他说："将来要能穿上一双皮鞋，站到天安门前照一张相，回家再娶个媳妇，就心满意足了！"可是几小时后，他们却生死永别。

烈士穿过的胶鞋

在这场血与火的战斗中，涌现出伟大的革命英雄主义战士黄继光。黄继光是第 45 师 135 团 2 营的通信员。上甘岭战役的第七天，在收复阵地的战斗中，他主动请战去炸敌人的碉堡。他带领两名战士匍匐前进。当接近敌火力点时，两名战友一名牺牲，另一名身负重伤，黄继光的左臂被子弹打穿。他忍受剧痛冒着敌机枪的疯狂射击继续前进，向敌火力点连投几枚手雷，但敌火力点没有被全部炸毁。在最关键的时刻，黄继光一跃而起，扑上敌人的火力点，用胸

膛堵住了敌人机枪的射击。黄继光被志愿军总部记特等功，授予"特级英雄"称号。

【2000年采访】崔建功（时任志愿军第15军45师师长）

"美帝国主义的战术家、战略家，他也很会计算，但他计算不了我们。你计算多少兵、多少将、多少炮、多少机关枪，怎么样支援、怎么样运输、怎么样配合、怎么样进攻，这个你都算得来。你没算来你那个兵，我黄继光一个人顶你几个兵。"

黄继光的英雄主义精神激励着他所在的连队。他牺牲后，连长万福来也身负重伤，仍然带领部队不断向敌人发起冲锋。

【2000年采访】万福来（时任志愿军第15军45师135团6连连长）

"敌人炮火一下打在我跟前，嘴上一块炮弹皮这么长，一下子从这里打进去，这个下颌骨打断了，这里一个疤、一个痕迹。这个炮弹皮当时就卡在骨头里边，取不下来，用手去摸烫手，很烫啊。整个脸和嘴巴都是麻木的，不会说话了，舌头也受伤了，牙齿牙槽骨都打碎了。当时不会说话怎么能行呢，看着部队冲上去了，我就用手硬把这个炮弹皮揪下来，带第二梯队上去了。"

黄继光一个人顶敌军几个兵

黄继光生前没有留下一张照片，只有根据他母亲描述所画的模拟像。他是朝鲜战场无数英雄儿女的化身。

黄继光牺牲的那年，他的母亲邓芳芝在老宅里默默地种下了一棵梨树。紧接着，这位英雄的母亲作出了一个出乎所有人意料的决

黄继光模拟像

定，送小儿子黄继恕继续参军奔赴朝鲜前线。此后数十年中，黄家又接连有 15 名子孙参军报效国家。

1962 年，国防部命名黄继光生前所在班为"黄继光班"。2009 年 8 月 25 日，黄继光所在连被授予"黄继光英雄连"。

2014 年 10 月，在福建上杭古田，习近平主席主持召开全军政治工作会议。"黄继光英雄连"第 37 任政治指导员余海龙作为空军唯一基层代表，参加了这次会议。吃"红军饭"时，习近平主席亲自为他夹菜，语重心长地嘱咐说："要带头学传统、爱传统、讲传统，带动部队官兵传承好红色基因、保持老红军本色。"

今天，在"黄继光班"里，永远有着一张属于黄继光的下铺。每天晚上，战友睡前会把黄继光班长的被子铺开；每天早上，战友起床后的第一件事是把黄继光班长的被子叠好；每天点名，队列里点的第一个名字，永远是最响亮的"黄继光"，一人点名，全连答"到"。

习近平对"黄继光英雄连"的嘱托

"黄继光班"至今
仍保留着黄继光
的床铺

上甘岭战役中，由于敌军炮火密集，志愿军撤入坑道坚持斗争。这时，敌军用炮火、炸药、汽油弹、毒气弹、硫黄弹，以及火焰喷射器等向坑道进攻。敌军的严密封锁，致使坑道部队粮尽水绝。

【2020年采访】钟永文85岁（时任志愿军第15军45师135团1连文化教员）

"不管牺牲多少人，都要把东西送到坑道口里去，送到坑道里头去，粮食可以少送，但是水一滴都不能少。"

部队政治部专门下令，谁能向坑道送进一筐苹果，记二等功！可事实上，没有一筐苹果能够送进坑道。整个上甘岭战役中，运输人员伤亡就达1700余人，占伤亡总人数的14%。在通往上甘岭两个高地的山路上，洒满了火线运输员的鲜血。火线运输员刘明生，在往前线送弹药的途中，捡到了一个苹果，交给了7连连长张计发。

志愿军战士接坑道墙壁滴下的水解渴

【2013 年采访】张计发（时任志愿军第 15 军 135 团 7 连连长）

"步行机员是全凭嘴巴说话，给上级报告情况，传达上级的指示，经常因为口干说不出来话，急得满头转，急得自己打自己的嘴，一直把自己的嘴巴打破，有一点血出来，湿湿舌头，报告了情况。我实在是觉得这些同志们太难了，我就把这个苹果给他们，我说你们两个人吃，用它湿湿口。"

【2013 年采访】贾福林（时任志愿军第 15 军 45 师 135 团通信参谋）

"无线电员拿到了这苹果以后，他说我不辛苦，负伤的同志最辛苦，他们为了战争的胜利负了伤。重伤让轻伤，轻伤让重伤。重伤伤员说，同志们，我们负了重伤，不能再继续战斗了，请把这个苹果送给继续战斗的同志们吃吧。"

火线运输员

【2013 年采访】张计发（时任志愿军第 15 军 135 团 7 连
连长）

"大家谁也舍不得多吃一点。我们 8 个人整整
地转了 3 圈，才把这么大的苹果吃完。"

　　从 10 月 30 日开始，志愿军坑道内外的部队，在大量炮火支援
下，进行强有力的反击。

　　坚守 597.9 高地 3 号阵地的胡修道是志愿军第 12 军 31 师 91
团 5 连一名新战士。他和他的战友，先后击退敌军 41 次进攻，仅
胡修道一人就歼敌 280 余人。

　　11 月 5 日，是上甘岭战役的第 23 天。这一天对方投入的兵力
是 5 个连，打退了敌人的 4 次进攻后，班长受命支援其他阵地，整
个阵地上只剩下两个新兵。

【2000年采访】胡修道（时任志愿军第12军31师91团5连战士）

"当时那个情况很急，我就讲班长你去，放心，保证人在阵地在。"

在敌人的又一次进攻中，胡修道的战友也负了重伤。

【2000年采访】胡修道（时任志愿军第12军31师91团5连战士）

"一个人守一个阵地，有时候一个人守两个阵地。"

当后续部队上来的时候，胡修道已经在阵地上坚守了两天两夜。

【2000年采访】胡修道（时任志愿军第12军31师91团5连战士）

"一身都是伤，连一口水都没有喝上，也没有吃饭，没有东西吃，都没有什么感觉一样，那时候基本上一心就是要守这个阵地，消灭敌人，为了上甘岭的胜利。"

胡修道在阵地上打到最后只剩下一个人，寸土未失，创造了孤胆作战的光辉典范。他被志愿军总部记特等功，授予"一级英雄"称号。

11月25日，决定性的反击开始了。志愿军部队从坑道、从山梁、从四面八方冲上山顶，志愿军阵地在硝烟烈火中巍然屹立。上甘岭成为这场战争的一个缩影，由此也诞生了让中国人热血澎湃的

孤胆英雄胡修道，歼敌280余人

志愿军战士在上甘岭发起反击

上甘岭精神。

上甘岭战役，彻底摧毁了美国军队的进攻意志。从此，在朝鲜战场上，美军再也没有向志愿军发动过营以上规模的地面进攻。上甘岭成了敌军的"伤心岭"。

参加上甘岭战役的，有志愿军第 15 军和第 12 军等部队，总兵力 4 万余人。涌现出许许多多英雄人物。在获得"朝鲜民主主义人民共和国英雄"称号的 12 人当中，参加上甘岭战役的就有 3 人，他们是黄继光、胡修道、孙占元；此外，还有数以千计的功臣和英雄集体。

志愿军第 15 军一战成名，成为具有国际知名度的劲旅。后来，中国组建空降军，第 15 军被改编为中国军队中唯一的一支空降军。

参加上甘岭战役的 45 师政委聂济峰，在之后的几十年，仍然对那些牺牲的战友们念念不忘。上甘岭成为他生命中最惨痛，也最骄傲的记忆。

上甘岭成了敌人的"伤心岭"

朝鲜民主主义人民
共和国最高人民会
议授予志愿军将士
的"金星奖章"和
"一级国旗勋章"

【2020 年采访】聂昭华 69 岁（时任志愿军第 15 军 45 师
政委聂济峰之女）

"老人家给我们留下的传家宝，就是这本地图册，这本地图册看起来很平常，也是过去的老地图册，但打开以后，每一个省上面都有老父亲用铅笔写的英雄和烈士的名字，而且在这个地方都用红蓝铅笔标示出这些英雄和烈士的家乡，尤其是四川省。他这个铅笔字已经很浅了，我看这上面写文汉春、王合良，都是他标出来的英雄，好多英雄都牺牲在上甘岭上了。基本上全国各省市都有英雄，如成渝地区，有黄继光、有邱少云，所以这本很珍贵的地图册一直陪着我。"

几十年来，志愿军的故事被编入了多种版本的语文课本中。他们成为青少年心中的英雄偶像，志愿军的精神在一代代青少年的心中传承。近年来，随着革命传统教育的力度不断加强，在新版教材

新版教材中的抗
美援朝内容

中，关于志愿军英雄事迹和英雄历史的内容，贯穿了小学到高中的
全部阶段。

　　1964 年，一部反映抗美援朝战争的故事片《英雄儿女》在全
国公映。这部电影改编自巴金的小说《团圆》，故事来自他在朝鲜
前线大量的战地采访。

电影《英雄儿女》
剧照

影片中的志愿军英雄王成和王芳的形象，给人们留下了难以磨灭的印象。

在人们心中，王成和王芳就是千千万万个英勇的志愿军战士的化身。

王成和王芳是千千万万个英勇的志愿军战士的化身

四

越战越强

抗美援朝战争，年轻的志愿军空军以"刺刀见红"的战斗精神创下空战奇迹、米格走廊威震敌胆；志愿军装甲兵战斗里成长，首开军兵种联合作战先例；志愿军炮兵机动灵活、越战越强，人民军队经历了现代化局部战争的洗礼锤炼，锻炼成为一支基本拥有现代化装备的武装力量。

中国北部边陲的一个空军机场，正进行着例行的战备训练出航，年轻的飞行员们驾驶着国产新型战斗机呼啸升空。他们都知道，在这里出航有着特别的意义。70 年前，他们的前辈们正是从这里起飞，飞向战火纷飞的朝鲜战场。一架架战鹰，用一道道绚丽的航迹，把人民空军英雄伟业，写向了广阔的蓝天。

1951 年 1 月 21 日，朝鲜，平壤以北清川江桥附近。

上午时分，负责观察空情的志愿军某部副班长孙长喜发现，今天来例行轰炸的美国飞机没有了往日的豪横劲儿，爬得高、飞得散、炸得乱。终于，他用望远镜找到了答案，美国飞机被几个银色的光点追逐着四下逃离，伴着闪光，空中隐约传来"咚咚"的炮声。当时，孙长喜不会想到，他正在目睹的这一幕，将成为重大事件而载入历史——这是中国人民志愿军空军在抗美援朝战争中与美国空军的第一次空战。打响空中第一炮的，是中国人民志愿军空 4 师 10 团 28 大队大队长李汉。从他的射击照相胶卷上看，被击伤的是美军 F-84 战斗轰炸机——志愿军空军首战的第一个战果就这样诞生了。

抗美援朝战争爆发之初，志愿军是以步兵为主的陆军，没有海军和空军，与装备高度现代化的美军相比，差距悬殊。

抗美援朝战争中的美国空军许多都参加过第二次世界大战，飞行时间超过 3000 小时。

中国人民志愿军
空军

　　解放军空军组建刚一年，参加抗美援朝的作战飞机仅 200 架，
飞行员平均飞行时间仅几十小时。

　　当时美国飞行员拍摄大量空战胶片，公开这些影像就是要证实
朝鲜战场上的制空权为美国空军所掌握，无人能够与之匹敌。

　　然而，自 1951 年 1 月 21 日清川江桥上空的战斗之后，朝鲜上
空的态势开始发生转变——挑战者出现了。志愿军空 4 师 10 团 28

志愿军飞行员们查
看射击照相胶卷

大队 8 天内与美国空军两次交战，以敢打猛冲的战斗精神、以击落击伤敌机 3 架的战绩，打破了所谓"美国空军不可战胜"的神话。

志愿军打破"美国空军不可战胜"神话

【2012 年采访】方子翼（时任志愿军空军第 4 师师长）

"打下了这一架飞机大家高兴得要命，那么我就发电报给刘司令。刘司令也高兴得很，刘司令回电报做些鼓励，等于说是解开了空战之谜。"

空军司令员刘亚楼对首战胜利予以了充分肯定，他说："这次战斗证明，中国空军是能够作战的，是有战斗力的。"

【2013 年采访】孙维韬（时任空军司令员刘亚楼秘书兼翻译）

"连那个苏联专家都不敢相信，就你们这飞行员上去全部送死的。刘司令员说我们等不及了，战争就是要边打边建，在战争中学习战争。"

志愿军空军飞行大队（左一为王海）

胜利的消息传遍前线，空军上下气势高涨，尤其是李汉的那一批东北老航校的同学们，更是求战心切、跃跃欲试。

【2012 年采访】刘玉堤（时任志愿军空军第 3 师 7 团 1 大队大队长）

"刘亚楼参加会议，他指着名，指着你刘玉堤、你年敦康、你王海、你林虎这几个人，你们几个人，你们能不能像李汉一样啊？能不能打下飞机来？当时我们不说话，不敢说话，那大会上怎么说。后来，开完会了，在一块儿吃饭喝酒，喝两杯酒就壮壮胆，酒能壮胆。我去给刘亚楼敬酒去，我说刘司令，李汉能打下飞机来，我们也能打，只要叫我们上，我们就能上，就能打下飞机来！"

70 年前由中国的战地记者拍下的影像，记录的正是年轻的中国人民志愿军飞行员。

这是一群创造奇迹的人。

不久前，他们中的大部分人还不知"飞行"为何物，从陆军各个战斗部队被选拔到人民空军的摇篮——东北老航校。然而没过多久，他们居然雏鹰展翅，以威武雄壮的编队在新中国的开国大典上精彩亮相，让世人赞叹之余又惊讶不已。

人民空军的第一代飞行员，李汉、王海、林虎、刘玉堤、张积慧、赵宝桐，是那样地自信与自豪。他们在空战中，以"空中拼刺刀"精神，靠勇猛顽强、不怕牺牲的战斗意志，经受了一次次战火硝烟的洗礼，被锤炼成威震敌胆的空中英雄。

开国大典上的
空军编队

【2020 年采访】杨汉黄 91 岁（时任志愿军空军第 17 师
49 团飞行员、射击主任）

"初生牛犊不怕虎，就有这种精神，这个精神
还是起非常大的作用，我第一次打仗我就不知道什
么是害怕。"

中国人民志愿军空军初露锋芒，自负的美国人立刻不淡定了。

为了确保战力上的绝对优势，美国空军迅速把最新型的 F-86 "佩刀"式战斗机和一批"王牌"飞行员投放到朝鲜战场。战场上的较量，变得更加严峻而残酷，年轻的中国空军与苏联空军相配合，同敌人展开了殊死搏斗。

1951 年 9 月 25 日，志愿军空军第 4 师 12 团 16 架米格-15 战斗机，在安州上空突然遭遇敌 F-86 战斗机群，大队长李永泰瞬间陷入敌机重围。

【2012 年采访】李永泰（时任志愿军空军第 4 师 12 团 1 大队大队长）

"首先把副油箱投掉，然后我就下去了。因为它高度低，我们高度高，一下子下不了那么低，所以我这个看来不行，打不了。刚好这个时候就准备往上拉起来，一升空以后，我左右再一看，就看到这两个机翼，有好多负伤了。"

李永泰清楚地知道，一架 F-86 上有 6 挺机枪，而眼下至少有三四十挺机枪正在向着他倾泻弹雨！然而，他险境之中出乎意料地超水平发挥，驾驶着已经负伤的战鹰，左闪右躲冲出火网，从 6000 米处急速跃升到 12300 米高空！当时，李永泰内心只有一个信念。

【2012 年采访】李永泰（时任志愿军空军第 4 师 12 团 1 大队大队长）

"我能够操纵飞机，一定把它飞回去，这是国家的财产。"

当李永泰艰难落地后，地勤人员惊愕地发现，这架飞机座舱盖被打了个大窟窿，机身中弹 56 处，发动机停车！李永泰究竟是怎么把这架几近解体的飞机飞回来的，至今都是我军空地勤人员常议不衰的经典范例。

【2012 年采访】方子翼（时任志愿军空军第 4 师师长）

"苏联的战斗员跑来一看说，哎呀，这哪里是飞机啊，这是坦克！所以李永泰有一个诨名叫作'空中坦克'。"

李永泰的脱险，还得益于担任掩护的僚机飞行员刘涌新。他对敌攻击大胆而凌厉，把 6 架敌 F-86 吸引过来，自己单枪匹马展开搏斗，抓住机会就开炮，逼得对手不得不躲闪招架。

空军战机变成"空中坦克"

【2012 年采访】方子翼（时任志愿军空军第 4 师师长）

"他是个新飞行员，一次有 6 架飞机打他，他打掉了一架 F-86，他是第一个打下 F-86 的。"

美国空军吹嘘的"佩刀神话"，就这样在刘涌新的炮声中灰飞烟灭了。这是志愿军空军在朝鲜战场上打下的第一架 F-86！但在随后的战斗中，刘涌新终因寡不敌众、壮烈牺牲，年仅 22 岁。

战报传到北京，毛泽东看后欣然命笔："空四师奋勇作战，甚好甚慰。"得知刘涌新牺牲，毛泽东专门指示："对壮烈牺牲者的家属应予以安慰。"

几次空战后，驾驶米格-15 战斗机的志愿军飞行员以及他们占位快、攻击猛、不怕死的作风，让美国空军飞行员们产生了心理阴影，他们把清川江以北、鸭绿江以南的空域称为"米格走廊"，每

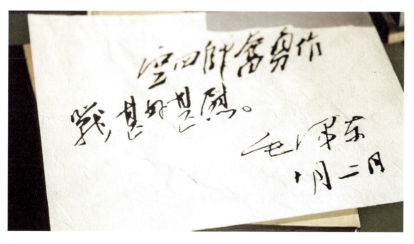

毛泽东手迹

米格走廊

次起飞还要作这样的特别警示——米格走廊200英里。

朝鲜战场上终于打出了一片蓝天，英雄飞行员们的名字也广为流传。当时，许多人都知道"天上有个赵宝桐"。

【2020年采访】高翔88岁（时任志愿军空军第6师17团飞行员）

"从一当兵，我就学习这些陆海空三军的英雄，这些空军英雄在我心目中都是我的偶像，像赵宝桐，我的好老乡，他是抚顺的，东北老乡，他事迹又很突出。"

毛泽东点赞：开着飞机打仗，我不如赵宝桐

赵宝桐是为志愿军空3师首开击落敌机纪录的功勋飞行员。在抗美援朝空战中，赵宝桐共击落美机七架、击伤两架，创造了志愿军飞行员个人战绩最高纪录，被授予"一级英雄"称号，两次荣立特等功，成为人民空军历史上的"空战之王"。

【2000年采访】赵宝桐（时任志愿军空军第3师7团3大队副大队长）

"那我们师里面就轰动了，打下来飞机，当了一辈子解放军，第一次打下敌人的飞机，把我们都抬起来往空中扔啊。"

毛泽东听说了赵宝桐的事迹，他风趣地说："开着飞机打仗，我不如赵宝桐！"

在空3师里，还有一位侠肝义胆、创下一次空战击落敌机4架个人空战最高纪录的燕赵好汉，他就是空军"一级英雄"刘玉堤。

"燕赵好汉"刘玉堤：400米近距离开炮 一战击落敌机4架

【2012年采访】刘玉堤（时任志愿军空军第3师7团1大队大队长）

"我们飞行员都有一股子想着为祖国争光，就多打飞机的这种精神，所以他就拼着死命，他也去打去。"

刘玉堤与战友研究战术

【2013 年采访】孙维韬（时任空军司令员刘亚楼秘书兼翻译）

"刘玉堤大胆到什么程度呢？对敌机开炮的时候，不能低（近）于600米，刘玉堤400米就开炮，近距离开炮。那个弹片就在眼前爆炸，到那个程度。苏联教官感到惊讶，太勇敢了！太勇敢了！他说太勇敢了，你再不打就撞上了。"

在中国人民革命军事博物馆里，陈列着一架绘有 9 颗红星的米格-15 歼击机，它就是人民空军著名战斗英雄王海驾驶过的战机。闻名遐迩的空 3 师 9 团 1 大队，被冠以了大队长王海的名字——"英雄的王海大队"。

1952 年 12 月 3 日，王海奉命率 1 大队 12 架米格-15 升空作战，在清川江上空与美军机群相遇，一场激烈较量开始了。

狭路相逢勇者胜。王海率领着 12 架战鹰居高临下插入敌阵；然而，对手也并非等闲之辈，迅速变换队形应战。

王海驾驶过的米格-15

【2007年采访】王海（时任志愿军空军第3师9团1大队大队长）

　　"我们胶东有一句话，老子不怕死，脑袋瓜子别在裤腰带上。只要不怕死，你还死不了；越怕死的人，就先死。我的意思就是这个。对不对？我就想的是，你美国人也是一个人，我们中国人也是一个人，而且我们那个时候是毛泽东思想培育成长起来的，对不对？老子不怕死，所以说我带着的大队，没有一个孬种。"

　　事后王海得知，与他们作战的，同样也是美国空军的王牌飞行队——第51大队。

　　王海大队以交替掩护、各个击破的战术，近距离对敌攻击奏效，我军以6∶1的战绩赢得胜利。但就是这个6∶1中的"1"，却让王海每每提及都痛心疾首，他失去了一位好战友、好兄弟——孙生禄。

　　空战中，担任掩护的孙生禄吸引住敌机群，为全大队歼敌创造了有利的战机，自己的飞机多处受伤。王海和战友们目睹着他用尽

王海大队与美国王牌飞行队的较量，战绩6∶1

孙生禄

103

最后的一点力气猛地拉起机头，驾着烈火熊熊的战鹰撞向敌机、英勇牺牲，年仅 24 岁。他是人民空军 6 个特等功臣和"一级英雄"中唯一的烈士。

抗美援朝战争中，王海大队与美国空军激战 80 余次，共击落击伤敌机 29 架，战绩辉煌、享誉中外。

毛泽东在空 3 师的战报上批示："向空军第三师致祝贺。"

1985 年，王海被任命为解放军空军第五任司令员；1988 年，王海被授予空军上将军衔。

就在《英雄儿女》纪录片拍摄期间，93 岁的王海将军离我们而去了。在我们为他拍摄的影像素材里，老英雄对后生晚辈们的殷切希望与关爱，每每听来，感人至深。

【2019 年采访】王海（时任志愿军空军第 3 师 9 团 1 大队大队长）

"哦，飞歼 20 啦，希望年轻人，好好飞！"

针对我空军的战斗表现，空军司令员刘亚楼与志愿军空军司令员刘震，在广泛吸取各级指挥员和飞行员的大量实战经验后，提出了"一域多层四四制"的空战战术原则，标志着志愿军空军空战战术从实践到理论的一次成功飞跃。

1952 年 2 月 10 日，是志愿军一个值得庆贺的日子；而对不可一世的美国空军来说，却是最黑暗的一天。

当日，志愿军空 4 师 12 团 3 大队大队长张积慧和僚机单志玉突遇美军 F-86 战斗机群，缠斗中张积慧发现，对手技术娴熟、老辣刁钻、凶狠险恶。

刘亚楼（前排左二）和刘震（前排左一）与飞行员们讨论战略战术

【2020 年采访】张积慧 93 岁（时任志愿军空军第 4 师 12 团 3 大队大队长）

"我们是双机对敌人的 8 架，不知道他是谁，光认识他是美国的，是敌人。开始是打了个对头，飞过去，然后我就咬住了它的尾巴，打。"

在僚机单志玉的掩护下，张积慧大胆展开攻击，几个回合后近至 400 米，3 炮齐发，准确命中，这架 F-86 战斗机连同它的飞行员一起当即栽了下去。张积慧没有想到，就是自己的这一顿机关炮，竟然打出了一个世界级的大新闻。

6 天后，志愿军步兵找到了那架坠毁的 F-86 残骸。

【2020 年采访】吕品 97 岁（时任志愿军第 50 军 149 师 447 团副政委）

"从飞行帽里边，一看有一个名字，英文呐，戴维斯，而且这个时候已经听到了美国的广播，说

张积慧三炮齐发写下"自珍珠港事件后美军事史上最黑暗的一页"

> 戴维斯被击落，在北京轰动了。为什么？他是'二战'的'王牌'，是美国的航空英雄，'王牌'。"

在中国人民革命军事博物馆的馆藏文物里，我们看到了当时的现场遗留物。这个飞行员身份牌上刻着"Davis George A"——此牌属于美国王牌飞行员乔治·安德鲁·戴维斯少校。

"王牌"戴维斯在朝鲜战场上被中国人民志愿军空军击落，世界为之震惊。美国远东空军司令威兰中将在一项特别声明中承认：戴维斯之死，"是对远东空军的一大打击"，"是一个悲惨的损失"，"尤其对我们的飞行员带来一次巨大的冲击"。美国各媒体也对戴维斯之死作了大幅报道。《纽约时报》称此"是自珍珠港事件后美国军事史上最黑暗的一页"。

然而对于美国空军来说，这样沉重的打击接踵而至。

韩德彩，时任志愿军空军第 15 师 43 团 1 大队飞行员。1953 年 4 月 7 日，韩德彩与战友返航归来准备着陆，当飞机下滑至高度

美国王牌飞行员戴维斯和他的身份牌

1000 米时，耳机里突然传来地面指挥员的声音。

【2020 年采访】韩德彩 87 岁（时任志愿军空军第 15 师 43 团 1 大队飞行员）

"塔台喊，说拉起来，拉起来，敌人向你开炮了！那喊的声音，嗓子都喊岔了。"

这是美军新成立的"猎航小组"。他们都是一批飞行时间达一两千小时的王牌飞行员，专门偷袭我方正在起飞或者着陆的飞机。此时正在攻击的，是第 51 联队"双料王牌"飞行员哈罗德·爱德华·费希尔上尉。

为了援救战友，韩德彩不顾自己飞机的油量警告灯已经闪亮，一推油门撞向敌机。

【2020 年采访】韩德彩 87 岁（时任志愿军空军第 15 师 43 团 1 大队飞行员）

"说实在的，那天顾不了这么多了，那天拼了命了。我就说，我不把你打下来，回不去我就跳伞。我飞机也不要了，非把你打下来不可。结果是，拼命这么拉一杆进来，我把光环拉到敌人机头前边，接着前边我就开炮了。一打那个油箱，'呼啦'火就出来了。我看出来个黑东西，我就喊敌人跳伞了，快来捉俘虏。"

费希尔跳伞后被我地面高射炮部队活捉，在战俘营里受到了良好的优待。40 多年后，费希尔随美国飞虎队老战士协会访华。在上海，美国退役空军上校费希尔如愿见到了中国空军中将韩德彩，

英雄儿女

空战对手再见面
相逢一笑泯恩仇

朝鲜战争胜利40
多年后，韩德彩亲
笔书写"着眼未
来"送给费希尔

他做的第一件事，就是向他当年的空中对手敬了一个军礼。

韩德彩把自己亲笔书写的一幅字送给费希尔——"着眼未来"。

大和岛位于朝鲜西海岸铁山半岛南端。当时，在大和岛及其附近岛屿上，盘踞着敌人情报机关和谍报人员1200余人。

为了彻底歼灭岛上的美国和南朝鲜特务武装，1951年11月，志愿军第50军实施登岛作战，攻占大和岛。志愿军空8师24团奉命出动9架图-2轰炸机对大小和岛进行轰炸，配合这次作战。这

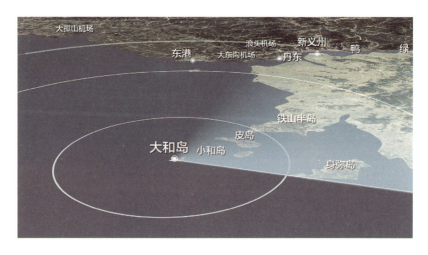

大和岛地理位置

是抗美援朝战争中首次也是唯一一次空地联合作战。

军械员张宣初至今仍清楚地记得当时他亲手为自己的好朋友、3号机长毕武斌挂好炸弹并送他上飞机的情景。

【2020年采访】张宣初92岁（时任志愿军空军第8师22团1大队军械员）

"他拍着我的肩膀说，老张，我是挂着你的炸弹去执行轰炸任务的，等我胜利回来报告好消息吧。我说，我等你凯旋归来。"

我轰炸机编队升空后不久，突然遭到美军30多架F-86战斗机的偷袭，随即展开了一场史无前例的轰炸机对战斗机、活塞式对喷气式的空中恶战！

担任护航的副大队长王天保，驾驶拉-11歼击机接连击落F-86 1架、击伤3架，创造了用老式活塞式飞机击落先进喷气式飞机的奇迹。

王天保击落敌机
（油画）

【2020 年采访】王天保 94 岁（时任志愿军空军第 2 师 4
团 3 大队副大队长）

"我的 1 架飞机，对付美国 7 架飞机，我用螺
旋桨飞机，击落、击伤 4 架美国飞机。"

轰炸机上，通信长刘绍基用机枪打得敌机在他眼前凌空爆炸，
开创了以活塞式轰炸机击落喷气式战斗机的先例。

战斗中，志愿军轰炸机编队没有甩掉炸弹减负逃生，而是突破
重围将炸弹投下，彻底摧毁了敌人目标。但我 3 号机被击中，机长
毕武斌驾驶冒着熊熊烈火的飞机撞向敌人目标，终因飞机毁伤过重
坠海，他们以英雄的壮举，把青春融入了海天。

由不会打空战到学会打空战，由能打小规模的空战到能打大规
模的空战，志愿军空军在"空中拼刺刀"的勇猛战斗中浴火成长、
越战越强。

美国空军参谋长范登堡曾大发感慨，是什么使得中国几乎在一

"空中董存瑞"：毕
武斌机组飞行员
（右一为毕武斌）

夜之间，变成了世界上空军力量最强大的国家之一？

毛泽东曾对刘亚楼说，空军参战，"一鸣则已，不必惊人"。

志愿军空军将士们创造性地执行了毛泽东的指示，他们"不飞则已，一飞冲天"！

随着战争的进程，志愿军不断积累现代战争经验，进一步加强军兵种建设与武器装备的发展。1951 年 3 月，志愿军的装甲兵部队第一次出现在第五次战役第二阶段的战场上。

人民解放军装甲兵部队诞生于解放战争时期。锦州攻坚战斗中，一位名叫董来扶的小伙子驾驶我军第一辆坦克冲锋陷阵，出色地完成了战斗任务，战车被授予"功臣号"荣誉称号，董来扶荣立大功一次，成为全军第一位坦克英雄。

新中国开国大典上，董来扶驾驶着"功臣号"坦克，驶过天安门，接受党和人民的检阅。此后不久，这支部队整编为坦克 1 师。1951 年 3 月，董来扶又驾驶着刚换装的苏式坦克作为第一批装甲兵部队入朝参战。

董来扶驾驶"功臣号"接受检阅

　　1951 年 11 月的马良山之战，志愿军坦克发挥直瞄射击、精准快速的特点，对敌人阵地上的明碉暗堡开始了"定点清除"。

【2020 年采访】曾焰 91 岁（时任志愿军坦克第 1 师 2 团 1 连 1 号车车长）

　　"为祖国——开炮，下令了！"

【2020 年采访】王文学 91 岁（时任志愿军坦克第 1 师司令部机要科科长）

　　"我们也对着敌人的碉堡直接瞄准射击，打得也特别痛快，一炮一个、一炮一个。"

【2020 年采访】曾焰 91 岁（时任志愿军坦克第 1 师 2 团 1 连 1 号车车长）

　　"敌人吃了大亏，敌人当时很难理解，哪儿弄来的炮？"

【2020 年采访】曹永魁 90 岁（时任志愿军坦克第 1 师 2 团 5 连驾驶员）

　　"这步兵老大哥高兴极了，因为不用抱着炸药包去爆破了，那减少伤亡太多了，都爬到坦克上去拥抱握手。"

　　马良山之战，坦克 1 团 2 连和 402 号坦克荣立集体二等功。

　　志愿军继承和发扬了人民军队"从战争中学习战争"这一优良传统，把战场变成了认识、体验并最终学会驾驭现代战争的最好课堂。

【2020 年采访】曹永魁 90 岁（时任志愿军坦克第 1 师 2 团 5 连驾驶员）

"开始的时候，我们经验不多，等打到最后的时候，我们就熟悉了。"

【2020 年采访】王文学 91 岁（时任志愿军坦克第 1 师司令部机要科科长）

"好像是越打越胜，越打越有信心了。"

【2020 年采访】许容奎 85 岁（时任志愿军坦克第 3 师 5 团文书）

"我们坦克部队支援步兵一次又一次地打击敌人的反扑，我们坦克炮兵打得准，步兵跟着进，兵种协调配合得是比较好的。"

【2020 年采访】王文学 91 岁（时任志愿军坦克第 1 师司令部机要科科长）

"虽然我们数量少，质量比不上人家，但是我们发挥坦克兵的作用，敌人他做不到的，我们做到了。"

　　在中国人民革命军事博物馆里，陈列着一辆编号为 215 号的苏制 T-34-85 中型坦克。抗美援朝战争中，215 号坦克在排长兼车长杨阿如的率领下，以单车击毁敌重型坦克 5 辆、击伤 1 辆、击毁迫击炮 9 门、汽车 1 辆，摧毁地堡 26 个、坑道和指挥所各 1 个的战绩，出色完成了 7 次配合步兵作战任务。中国人民志愿军

中国人民革命军
事博物馆里陈列
的坦克

领导机关授予 215 号坦克"人民英雄坦克"光荣称号，全体成员
记集体特等功。

"人民英雄坦克"
战绩卓越

215 号坦克的全体成员是：车长杨阿如、炮长徐志强、驾驶员
陈文奎、装填手兼预备炮长师鸿山、无线电员许仕德。

人们不禁要问，这样的战绩，志愿军的坦克手们是怎样创造出
来的？

【2005 年采访】师鸿山（时任志愿军装甲兵第 2 师 215
号坦克装填手兼预备炮长）

"打仗是一口气，人是一口气，咱有决心有信
心，咱心里不害怕，一打一个准。"

【2020 年采访】曹永魁 90 岁（时任志愿军坦克第 1 师 2
团 5 连驾驶员）

"正像毛主席说的，武器是重要因素，但是不
是决定的因素，决定的因素是人不是物。这些武器

215 号坦克全体
车组成员

没有高超的人掌握，没有有觉悟的人去掌握，它也
仍然是一堆废铁。"

从 1951 年 3 月至 1953 年 7 月，志愿军装甲兵部队参加大小战
斗 246 次，出动坦克 998 辆次，配合步兵大量歼灭了敌人有生力量。
人民装甲兵的光辉业绩，将永载史册！

抗美援朝战争是一场当时条件下的现代局部战争，被誉为"战
争之神"的炮兵，发挥的作用至关重要。然而在朝鲜战场上，敌人
的各型火炮共有 11.4 万门，而志愿军全部火炮的总和还不如对手
的零头。

【2020 年采访】赵凤朝 94 岁（时任志愿军 122 榴弹炮营
政治教导员）

"我们的炮兵（数量）和敌人的对比，可以这么
说，咱们（数量）不如人家。最重要的是，人家炮弹
打不完，我们的炮弹就那么几发，打完了就完了。"

志愿军炮兵英勇
作战

面对高度现代化的强敌，志愿军炮兵一面对应以高度机动灵活
的战法，一面在实战中积累经验，武器装备也逐渐更新，基本形成
了一支既可与其他军兵种协同作战，又可单独执行火力任务的战斗
兵种。

【2020 年采访】杨锦炎 90 岁（时任志愿军第 20 军炮兵
团侦察兵）

"我们五次战役的时候，那个炮从山底下拉到
山头上面去，这个作战方式大概是没有过的。都是
一个连队几十号人，晚上用绳子拉，人扛，把炮拉
到山头上去，效果很好的，因为炮在山头上面，前
面敌方的阵地可以很清楚。"

在志愿军炮兵战史里有这样一张照片，它拍摄于 1951 年 10 月
天德山阻击战期间。炮 2 师 29 团 2 连 3 班阵地被敌人炮火击中，5
个人的炮位上只剩下班长谭朝志 1 人。这时，指挥部不断传来炮击

谭朝志单人独打
一门炮

的命令，他一跃而起，右手挟炮弹，左手开炮闩，把 20 多公斤重
的炮弹推上膛，迅速瞄准、击发，一气呵成，连续射击 77 发，发
发炮弹都落到了敌群中。步兵看到炮兵打得这么准，在阵地上高喊：
炮兵老大哥打得好！为炮兵老大哥请功！

被打蒙了的美军竟判定志愿军新增了一个炮兵营，还派出炮兵
校射飞机侦察。但他们无论如何不会想到，这仅仅是一位普通志愿
军炮兵所为！

谭朝志单人独打一门炮，创下了一段令人惊叹的战争传奇，堪
称技术、勇敢与意志相结合的光辉范例。他被记一等功、授予"二
级英雄"称号。

随着炮兵部队源源不断地投入战场，装备上敌优我劣的差距逐
渐缩小，战场面貌大为改观。在 1952 年秋季反击作战中，志愿军
步兵攻击敌 1 个连的阵地时，通常能得到 8—10 个炮兵连的火力
支援。

"战争之神"：志
愿军炮兵

志愿军在炮火掩
护下向敌阵地
冲锋

【2020 年采访】文击 102 岁（时任志愿军炮兵第 1 师师长）

"咱们也没有什么特别的装备，就用它来打美国佬，就打了大胜仗。"

中国人民志愿军火箭炮兵第 21 师开到哪儿，哪儿就响起"喀秋莎来了"的欢呼。这支部队的前身是著名战斗英雄董存瑞所在部队。

火箭炮兵第 21 师入朝作战，先后配合 12 个军、协同步兵进行大小战斗 30 余次，大量歼灭敌军。作战中，志愿军火箭炮兵火龙冲天、排山倒海、气壮山河。

【2020 年采访】曹永魁 90 岁（时任志愿军坦克第 1 师 2团 5 连驾驶员）

"当兵这么长时间，第一次看到'喀秋莎'是怎么发射的，一发射整个半边天都是小红火球，唰……"

"喀秋莎"来了

【2020年采访】鲜开志93岁（时任志愿军火箭炮兵第21师排长）

"一个炮16发，一个连4门炮，一个营8门炮，活像是'哒哒哒'，10秒钟就出去了。"

【2020年采访】石岩99岁（时任志愿军炮兵第1师25团副团长）

"火箭炮的威力挺大的，打了以后那边都是火，那个区域空气都燃烧了，打得美国鬼子够受的。"

　　当时，冲上敌人阵地的步兵们欢呼声震天动地，仔细一听，他们喊的竟然是："炮兵万岁！"

"喀秋莎"（火箭炮）齐射，火龙冲天

【2020 年采访】鲜开志 93 岁（时任志愿军火箭炮兵第 21 师排长）

"因为有强大的敌人在前面挡着，他（步兵）想前进前进不了，只有炮兵给他打开通路，这样他也可以往前冲了，所以说大家喊'炮兵万岁'就是这个原因。"

抗美援朝战争中，志愿军炮兵与现代化装备的美军作战，获得了丰富的实战经验，打下了炮群作战的坚实基础，对我军炮兵部队现代化建设产生了深远影响。

在朝鲜东西海岸，防止"联合国军"从侧后登陆，始终是志愿军在抗美援朝战争中实施作战指导的一个重要组成部分。

参加海岸防御的，除了有志愿军步兵、炮兵、装甲兵外，还有从国内调来海军布雷队，对西朝鲜湾航道布设了水雷，有两个海岸炮兵连进入西海岸重要阵地；还有一个鱼雷艇大队和一个海上巡逻大队完成了临战准备，可以随时进入预定海域遂行战斗任务。

毛泽东总揽战局，兴奋地说："现在空军也有了，高射炮、大

海军布雷队登艇出发

炮、坦克都有了。"

几十年后，美国史学界也普遍认为，正是通过朝鲜战争，美国才将中国视为一个平等的对手。

抗美援朝战争，让中国人民解放军经历了一次现代化的局部战争的洗礼锤炼，由单一军种发展成为诸军兵种合成军队，由装备简陋的军队发展到拥有部分现代化装备的军队。

当年在志愿军空军队伍里，有一位年仅21岁的机械师，他曾亲眼目睹由于装备和技术的落后使我军付出了高昂的代价。从那时起，立志为国家造出一流战机的宏伟志向就在他心里深深扎根，他叫宋文骢。

40多年后的1998年3月23日，中国歼-10战斗机成功实现首飞。总设计师宋文骢特意把自己的生日改成了这一天。

年轻的炮兵战士杨锦炎走下朝鲜战场，又怀着建设国防的宏大志向走进课堂、专心攻读冶金工业，成为合金材料界的知名专家，为国防军工作出了突出贡献。

坦克兵曾焰始终没离开过战车。他牢记许光达司令员"没有技

歼-10总设计师
宋文骢

从朝鲜战场成长起来的各领域拔尖专家

术就没有装甲兵"的教导，教书育人一辈子，用抗美援朝精神培养了一批又一批智勇双全的新型坦克手。

人民空军第一代飞行员，"一级英雄"刘玉堤，以他英雄的业绩和军人的品格，影响了一代又一代有志青年报国从军。在他的家里，老少三代八人奉献蓝天、传承不息。

儿子刘飞保，在空军航空机务岗位上一干就是40多年，直到退休。

外孙陈浏和他的外公一样，已成为人民空军的一名优秀战斗机飞行员。

【2019年采访】陈浏（空军某部飞行大队大队长）

"姥爷那种'空中拼刺刀'的精神，应该是每一代人、每一代飞行员，都需要有的、必须有的血性和胆识。"

陈浏多次圆满完成重大任务，还参加了建军九十周年和国庆七十周年的阅兵式，驾驶着国产最新型号战机接受祖国的检阅。

刘玉堤和外孙陈浏

【2019 年采访】陈浏（空军某部飞行大队大队长）

"一次受阅，一生光荣；一人受阅，全家光荣。这次受阅对我个人来讲，能够在北京上空接受检阅，也算是弥补了我姥爷的遗憾。"

航空报国，刘玉堤老少三代八人奉献蓝天

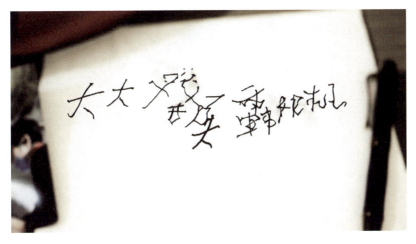

刘玉堤最后的嘱托："大大发展轰炸机"

2015 年 2 月 17 日，刘玉堤空军中将走完了身经百战的一生。在生命的最后时刻，老将军用颤抖的手写下了他的嘱托——"大大发展轰炸机"。

五

万众一心

抗美援朝战争使各界群众的爱国热情如火山一样地爆发出来。成千上万的铁路员工、汽车司机、广大民工和医务工作人员，志愿开赴朝鲜前线，担任战地的各种勤务工作。在全国，劳动竞赛开展得热火朝天。随着全国捐献飞机大炮运动的展开，万众一心的中国形成了前所未有的团结统一和社会稳定，进入了有计划地发展国民经济的新时期。

北京，正义路 2 号。新中国成立时，这里是北京市政府的办公地。

1950 年 10 月 26 日，这里云集了当时全中国各界的社会精英。几个小时以后，一个叫作"中国人民保卫世界和平反对美国侵略委员会"的机构在这里成立，委员会主席是当时的政务院副总理郭沫若。参会的各界人士有 158 人，包括了当时中国最具影响力的社会组织的代表。不久，这一机构开始启用一个更为人熟知的名称："中国人民抗美援朝总会"。11 月 4 日，中国共产党和各民主党派发表联合宣言，庄严宣告："中国各民主党派誓以全力维护全国人民的正义要求，维护全国人民在志愿基础上为着抗美援朝保家卫国

北京市正义路 2 号

各民主党派联合
发表宣言拥护抗
美援朝

的神圣任务而奋斗。"全国人民在中国共产党的领导下，实现了最
广泛最深入的抗美援朝组织动员。

硝烟弥漫的朝鲜战场，侵略者的气焰十分嚣张。1950 年 11 月，
美第 10 军军长阿尔蒙德乘直升机飞抵鸭绿江南岸的惠山镇，与前
线美国军官们在江畔合影，照片登上美国报纸的头版头条。中国东
北边境城乡遭到美军轰炸，人民的生命财产遭受巨大损失。

阿尔蒙德与前线美
国军官们在一起

【2020 年采访】郭永良 90 岁（时任志愿军第 9 兵团 26 军 78 师 234 团司令部军务股参谋）

"一到了丹东，就感觉这个战争就在身边，老百姓每家每户的窗子上，为了防止敌人轰炸的时候震动玻璃震碎了伤人，所以要求各家各户弄个纸条按照米字形或者按照 T 字形，把窗子粘好。"

中国东北边境城乡遭到美军轰炸

【2020 年采访】黄会林 86 岁（时任志愿军高炮 512 团政治处宣传员）

"那个时候他们有一些飞机就已经越界了，就飞到了那个时候叫安东，现在叫丹东，已经飞到了安东，被他们杀死的人就是安东的百姓。那种氛围可以说是同仇敌忾，全中国都起来了。"

美国的野蛮侵略，使各界群众的爱国热情如火山一样地爆发出来。大江南北，长城内外，到处掀起抗美援朝、保家卫国爱国群众运动的热潮。

1950 年 12 月 16 日，上海市工商界为支援抗美援朝举行了大规模游行。著名的民族工商业者荣毅仁先生亲举大旗，行进在游行队伍中。

丹东市少女痛哭被美军飞机炸死的母亲

荣毅仁高举大旗行
进在游行队伍中

【2000年采访】经叔平（时任上海市工商联副秘书长）

"我们那时候上海工商界也只有将近20万人，大概就那么点数字。那天参加游行的有15万人，举大旗的就是荣老，现在我们叫他荣老，那时候他只有三十几岁。"

【2000年采访】荣毅仁（时任华东行政委员会财政经济委员会委员）

"原先准备由工作人员来举的。到了南京路口，准备开始游行的时候，我们几个工商联的负责人商量了一下，觉得这是件大事，应该由工商界自己来搞，自己来举。"

荣毅仁捐献购买
12架飞机的钱款

作为第二代荣氏企业家，荣毅仁从20世纪30年代起即投身于民族工业。为了支援抗美援朝，荣毅仁提出了捐献10架战斗机的计划。在他的号召下，申新纺织公司的职工们热情高涨，加大了生产，最后共捐献了购买12架飞机的钱款。荣氏父子成为新中国成

群众开展抗美援朝、保家卫国游行

立之初闻名全国的"红色资本家"。

1993 年 3 月，荣毅仁当选为中华人民共和国副主席。

抗美援朝运动在中国各地迅速开展起来。1951 年的五一国际劳动节，全国所有的城市和广大乡村，都举行了抗美援朝、保卫世界和平的大示威，游行群众超过 1.8 亿人，达到当时全国总人口的 39% 以上，中国民间的反侵略游行示威活动达到最高潮。

朝鲜战场硝烟滚滚，中国国内各界群众纷纷要求参军参战，支援前线。成千上万的铁路员工、汽车司机、广大民工和医务工作人

满载军用物资的列车

员，志愿开赴朝鲜前线，担任战地的各种勤务工作。

在抗美援朝战争的钢铁运输线上，奔驰着一列列军车。其中许多铁路运输任务，都是由地方铁路员工担任的。

曹国旺，是安东铁路分局派出的"铁路援朝工程队"二中队的队长。1951年2月的一个夜晚，一列拉着汽油和弹药的军列，正通过朝鲜宜川车站开往前线。突然间，飞来3架美军"野马式"飞机俯冲扫射。一节汽油车厢燃起熊熊大火。曹国旺提起车钩，冒着横飞的弹雨朝着火车冲去，将着火的车厢与其他车厢分离开。汽油车厢和弹药车厢保住了，曹国旺却身负重伤。

曹国旺英勇护路，先后立大功3次，小功5次。

【2000年采访】段守庸（时任朝鲜军事铁路管理分局局长）

"我现在能回忆起来，就铁路这一部分，不包括铁道兵，就是人家属于铁路的搞运输这部分的话，恐怕牺牲将近500人。现在在新安州那里，还有个烈士陵园，专门是铁路的。"

在北京铁路局，有一台誉满神州的机车，那就是"毛泽东号"机车。"毛泽东号"第十二任机车司机长刘钰峰，一遍一遍地练习着机车与车辆之间的连挂。把每一件小事做到极致，这是"毛泽东号"机车组代代相传的精神。

抗美援朝战争开始后，"毛泽东号"机车组积极投身到爱国增产运动当中，展开"超轴"运动，机车多拉、快跑，大幅提高了铁路运输能力，为前线输送了大量物资。

1951年10月，在全国政协一届三次会议上，毛泽东主席亲切接见了第三任"毛泽东号"司机长、全国劳动模范郭树德，并为他

毛泽东接见第三任"毛泽东号"司机长郭树德

在新出版的《毛泽东选集》第一卷上亲笔签名。

在残酷的反"绞杀战"斗争中，志愿军大量军列遭到敌机轰炸，损毁严重。1952年12月，北京铁路局丰台车辆段接受了修复125辆机车任务。郭树德和车辆段全体工作人员以志愿军为榜样，日夜赶班，决战决胜。到月底，这些破旧车辆全部变成了崭新的车辆，驶向运输前线。

"黄继光号"是一辆以战斗英雄的名字命名的列车。它诞生在战争年代，现属于哈尔滨铁路局齐齐哈尔机务段。它是我国首个以战斗英雄名字命名的机车。

如今，在中国的大地上，高铁网迅速发展，时空概念迅速改变。但当年中国铁路员工在抗美援朝战争中培育出来的精神，仍代代相传。

在中国革命战争中，支前民工是一支重要力量。陈毅元帅曾说，淮海战役的胜利，是人民群众用小车推出来的。而在抗美援朝战场上，这一人民战争的宏伟景象，又一次呈现在人们面前。为保证志愿军的后勤供应，大批民工自备马匹和大车，志愿参加了运输队、担架队，仅东北地区，直接赴朝参战的民工就达74万余人。

大批民工自备马匹和大车，志愿加入运输队

【2000年采访】张麟玉（时任东北担架队队员）

"咱们县组织一个那叫民工，也是担架队，开始名义叫担架队。我们一共组织总数接近2000人。我们徒步走，一直走到丹东。"

【2000年采访】张成海（时任东北担架队队员）

"打辽阳的时候我去了，解放战争。1950年抗美援朝我（阴历）9月份过的江，一开始是抬担架，后来就是装卸车，运什么急速地就运上去。俺们在这儿卸车皮，这一宿，五个人一宿卸三个车皮，一个人差不多背一个。"

东北参战民工几十万，保证志愿军的后勤供应

　　吉林省辑安县（今集安市）民兵担架支队在运送伤员途中，就多次遭遇敌机俯冲扫射，队员郭维清、李根植，毫不迟疑地扑在担架上掩护伤员。连续4天4夜，他们走了150公里，跋山涉水安全地把伤员运回祖国。他们把对志愿军亲人的爱，写在崎岖的小路

农民踊跃参军参战，组织担架队上前线

上，荣获了"模范担架队"的光荣称号。

　　在中国人民革命军事博物馆里，有一件不属于军队的展品。那是一枚胸章，上面写着："中国人民抗美援朝总会卫生工作委员会志愿卫生工作队"。

　　1950年11月18日，由著名的模范医务工作者李兰丁率领的志愿手术队，开赴前线。随后，各地的医务工作者，也相继组织了志愿医疗队、手术队、公共卫生队和防疫队。

志愿卫生工作队胸章

中国工程院院士陈灏珠，是复旦大学附属中山医院内科教授，也是中国内科领域的顶级专家。抗美援朝战争爆发时，在院长黄家驷的号召下，年轻的陈灏珠毅然加入到支援前线的队伍当中。

【2000 年采访】陈灏珠（时任上海市抗美援朝医疗手术队队员）

"我们医院一共去了四批，一批去了，回来。第二批就接上去，接他的班。算起来四批有二百多、差不多三百人，我们医院那时候的医生和护士加起来也不过三四百人，可以说大部分的同志都投身到抗美援朝这个工作中了。"

20 年后，当我们再次采访陈灏珠老人时，他对当年的情景，依然记忆犹新。

【2020 年采访】陈灏珠 96 岁（时任上海市抗美援朝医疗手术队队员）

"我们是在齐齐哈尔东北军区第二陆军医院。一次大仗打下来，人数难以统计。伤病员有些要就地解决，又紧急又疑难的在沈阳先解决，沈阳解决不了，这些病人就送到齐齐哈尔。"

2016 年 10 月 25 日，在上海交通大学医学院附属第九人民医院，举办了中国整形外科奠基人张涤生铜像的揭幕仪式。

抗美援朝战争时，从美国留学归来的张涤生报名加入了志愿卫生工作队。战场对于张涤生来说并不陌生，抗日战争时期，还未从大学毕业的张涤生积极投身学生抗日救亡后援团，被委任为救护队队长，从此开始了他的战地生涯。

张涤生铜像

【2000 年采访】张涤生（时任上海市抗美援朝医疗手术队副大队长）

　　"我参加过抗日战争，所以战争的考验我是经得起的。我原来 1951 年春天预备结婚的，参加医疗队以后结婚就要耽搁了。但是我和我爱人商量好了，决定响应党的号召，走上抗美援朝的道路，就把婚期推迟了。"

张涤生和夫人

张涤生带着队伍，用四个月的时间，在长春建立了新中国首家战伤、烧伤和冻伤治疗中心，适应了战场急需。

志愿军出国作战，前线缺乏食物。美军飞机不间断轰炸，白天不能生火做饭。时任东北军区后勤部部长的李聚奎，想到红军时期积累的老办法，制作炒面。炒面携带方便，食用简单，不易变质，可以成为志愿军的野战口粮。

志愿军司令员兼政治委员彭德怀采纳了这一建议，要求后勤部门批量生产炒面供应部队。与此同时，周恩来总理指示政务院有关部门，向东北、华北、中南各省，下达制作炒面的任务。

1952年5月，年轻的志愿军战士武际良因公踏上了返回北京的列车。这是他参军数年以来，第一次回到故乡。他的父母是北京协和医院工作多年的医生和护士。

【2020年采访】武际良88岁（时任志愿军第42军文化教员）

"让我出差上北京办事，说可以回家看看。回到我家那个院儿里，我们家在东城，看灯还亮着，家里怎么半夜还不睡觉。一开门，我妈一看是我，抱着我哇哇哇就哭。我说干吗呢？说给你们炒炒面呢。"

【2020年采访】张勇手87岁（时任志愿军第60军文工团团员）

"北方人民日日夜夜在炒吃的炒面。后来我们才知道，那个老百姓都不睡觉，给我们炒炒面。我们只能吃那个东西，没法做饭，没空做。"

后方人民不分昼夜为前线战士炒战粮

炒面运输队

【2000 年采访】佟希文（时任志愿军第 38 军《挺进报》主编）

"虽然有的炒得煳一点，有的炒得香一点，有的炒得生一点，但大家吃起来都是一个力量，就是祖国的力量。"

新中国成立之初，经济极为困难。百废待兴的新中国正要开始艰难的国民经济恢复工作。正是在这样的时候，1951 年 5 月，美国操纵联合国通过决议，对中国实施全面禁运。美国商务部官员在接受记者采访时说："凡是一个士兵可以利用的东西，都不许运往共产党中国。"

但是，封锁禁运压不倒中国人民。全国广泛订立《爱国公约》，把保家卫国的热情和发展生产的实际行动结合起来，全面开展生产竞赛。

在当时中国最大的钢铁生产基地——鞍山钢铁厂，劳动竞赛开展得热火朝天。

工人开展"爱国主义捐献飞机、大炮运动"支援前线

后方多流汗，前方少流血！"增产节约"保障前线

天津钢厂的劳动模范刘长福和他的同事们提出："轧钢就是战场，钳子就是冲锋枪"，要以实际行动支援志愿军作战。他们挖潜革新，共增产节约 193 亿元旧币，差不多能买 13 架战斗机。

那是一个同仇敌忾的年代，是一个万众一心的年代。"增产节约"的口号传递着人们的心声。后方汗水流得越多，前方将士的血就会流得越少，每一个人都以能为前线多作贡献而感到自豪。整个战争期间，全国人民为朝鲜前线提供的各种作战物资共达 560 余万吨。

【2000 年采访】潘文淑（时任国营 401 厂缝纫工人）

"那时我是一个缝纫工，做军装，确实干得心里头痛快。我支援的是我们自己的人，是我们最亲爱的人，他们穿上我们的服装保暖，搁在他们身上他们能很好地打胜仗。"

著名农业劳动模范李顺达，是全国第一个农业互助组的创立者。抗美援朝战争爆发后，李顺达互助组响应中国人民抗美援朝总会的号召，积极开展增产运动，并向全国农民发出了开展"爱国丰产竞赛运动"的倡议书，得到各地 1938 个互助组和 1681 名劳模响应，迅速在全国掀起爱国主义生产竞赛热潮。1951 年 9 月，毛泽东主席在北京接见了李顺达，并在李顺达互助组的奖状书上亲笔题写"生产战线上的模范"。爱国丰产竞赛运动的开展，有力地促进了农业生产和产量的提高，丰收的成果也极大地鼓舞和支援了志愿军官兵在前线的英勇作战。

毛泽东接见
李顺达

  1951 年 6 月 1 日，中国人民抗美援朝总会发出号召，开展捐献飞机大炮和优待烈属军属的活动。

  常香玉，是著名豫剧表演艺术家、豫剧常派创始人。她当时只有 28 岁，在西安听到志愿军在朝鲜战场经常遭受美军狂轰滥炸时，她义愤填膺。早在抗日战争初期，15 岁的常香玉就参与建立了中州戏曲研究社，为宣传抗日而四处奔走。这时，她决心为保卫国家出力，计划通过剧社巡演筹款，为志愿军捐献一架战斗机。

  她卖掉了自己的金银首饰和家里一切值钱的东西，将 3 个不足 7 岁的孩子全都送进托儿所，带着全体剧社成员上路了。

![英雄儿女]

【2000年采访】荆桦（时任香玉剧社义演工作人员）

"西北局的书记是习仲勋同志，他们对香玉同志这样的义举是非常赞赏、非常支持的。为了让香玉同志这个计划能够顺利实施，习仲勋就从政府派几个同志几个干部去进行帮助。我就是当时到香玉剧社协助工作的人员之一，那个时候我才十几岁，不到20岁，不太懂事，但是热情很高。"

为了义演，常香玉专门创作了豫剧《花木兰》，受到人们的广泛喜爱。

【1998年采访】常香玉（时任西北人民赴朝慰问团成员）

"当时我就说，这都是事实，这个戏里只要是真实的，人们都很欢迎。在当时你比方说，这个木兰又是个劳动人民，对父母又很孝顺，为了国家又愿意在战场上待12年，这不是个简单事。花木兰里有两句词是这样讲的：'国家有难，匹夫有责。'"

常香玉卖家产、托儿女，义演捐飞机

常香玉接受"爱国捐献"奖状

香玉剧社从西安出发，先后在六个省进行巡回义演。到1952年2月，共演出178场，观众31.23万人，义演捐款达到15.2亿元旧币，超过了购买一架战斗机的价款。她捐献的这架米格-15战斗机，被命名为"香玉剧社号"。作为历史的见证，它现被珍藏在中国航空博物馆。

苏北泰县姜堰小学儿童写信倡议全国小朋友捐飞机

　　江苏省泰州市，是长江三角洲中心区 27 座城市之一。在中国革命战争年代，泰州人民就是支前模范。1949 年 4 月，当地百姓带着自己筹集的 3000 多艘船只参加渡江战役，支援人民解放军跨过长江向全国进军。同时，泰州也是人民海军诞生的地方，有着光荣的传统。

　　曾经在抗美援朝战场上浴血奋战的"儿童号"米格–15 战斗机，如今就保存在泰州市姜堰区实验小学。1951 年 4 月 13 日，这里的师生们以"苏北泰县姜堰小学全体儿童"的名义，写信给全国小朋友，发起节约糖果费，捐献"中国儿童号"飞机的倡议。

【2020 年采访】王勤 90 岁（时任姜堰小学二年级教师）

　　"倡议书寄出去以后，马上就收到各个地方小朋友寄来的信。这个来信是非常多，我们学校有一个大箩筐，摆在礼堂里面，来的信都放在里面。每天都要有半箩筐，有时候还要多一点。"

【2020 年采访】黄葆愚 84 岁（时为姜堰小学六年级学生）

"有一些家长，怕小孩子没东西捐进去，主动地把手钏还有这个脚镯子，那时候银的脚镯子，亲自送进来再给捐里面。"

两个月以后，毛泽东主席在北京接见国庆观礼代表。他为渡江小英雄马三姐写了题词："好好学习，天天向上"。抗美援朝战争为少年儿童们创造了安宁的生活，而他们的心，也随着这架捐献的飞机，向着远方、向着未来，展翅飞翔。

1951 年 11 月 3 日，十世班禅在西宁发表声明，表示支持中央政府的抗美援朝行动。他率先捐献出 1.3 亿元旧币，并与青海省人民政府副主席喜饶嘉措联名写信给全省各大寺院，号召大家踊跃捐献，努力完成"青海佛教号"战斗机一架的捐献任务。

1952 年 6 月 24 日，中国人民抗美援朝总会宣告，捐献武器运动胜利结束。按照当时的规定，一架战斗机折合人民币 15 万元，一辆坦克 25 万元，一门大炮 9 万元。截至 1952 年 5 月底，全国各界爱国同胞共捐献人民币 5.565 亿元，相当于 3710 架战斗机的价款。

全国人民捐款统计表

中国人民抗美援
朝总会第一批赴
朝慰问团为志愿
军战士送去祖国
的问候

祖国人民时刻记挂着在前线浴血奋战的志愿军。1951 年 2 月，中国人民抗美援朝总会第一批赴朝慰问团组建，由廖承志任团长。1951 年 4 月初，慰问团抵达朝鲜，共带去全国人民捐赠的 1093 面锦旗、2000 余箱慰问品和 1.5 万封慰问信。

这时，志愿军正在进行第四、第五次战役。慰问团团员，冒着纷飞炮火，顶着风霜雨雪，到全军进行慰问，把祖国人民的温暖送到每个战士的心坎上。

这次前线慰问，第二分团副团长廖亨禄、天津市著名相声演员常宝堃、天津市著名琴师程树棠和汽车运输连副连长王利高，因遭敌机轰炸扫射，光荣牺牲。

常宝堃的弟弟常宝华，是家里第一个得知大哥牺牲消息的人。

【2000 年采访】常宝华（常宝堃四弟）

"阿英同志（钱杏邨）这一句话就是：'常宝堃同志、程树棠同志，抗美援朝完成任务归国途中光荣地殉国了！'说实在的，'殉国'这两个字我懂，

虽然说我十几岁不到二十岁，我懂，当年的岳飞不
就是殉国吗？董存瑞、黄继光那不是殉国吗？"

天津各界群众隆重举行了公祭烈士的活动，送葬仪式成了一次
声势浩大的抗美援朝示威游行！

1952 年 9 月，中国人民抗美援朝总会组织了第二支慰问团，
由时任中央人民政府政务院人民监察委员会第一副主任的刘景范
带队，开赴抗美援朝前线。这个慰问团规模更大，代表性更广
泛。他们深入志愿军各部队，在朝鲜战场上进行了为期 40 天的
慰问活动。

【2019 年采访】王文娟（时任志愿军停战谈判代表团政
治部文工队队员）

"我们演出的时候，上面有敌机在盘旋，我们听
得出，他这个炸弹没有扔掉，我们志愿军聚精会神
地还是坐在那里看。我们演戏有时候演到一半，那
个电线被敌机炸断了，没有光了，怎么办？那我们

慰问团队员在阵
地为战士们和朝
鲜人民演出

想这暗的不能演啊，后来志愿军用手电筒，照着我们演的地方，我们就在手电筒的照耀下，把戏演完。"

志愿军归国代表团被鲜花簇拥

为了向祖国人民汇报，志愿军还两次派出归国代表团，四次派出五一国际劳动节和国庆节观礼代表团回国。从一个城市到另一个城市，志愿军代表们常常被一束束鲜花、一面面彩旗、一张张笑脸、一双双热情的手臂，包围得水泄不通。人们都以能和志愿军战士握手而感到光荣。

【2000 年采访】黄万丰（时任志愿军第 27 军 81 师 343 团 1 营参谋长）

"到哪儿都把你抬起来，在北京、在上海、在东北这些地方，中央首长都接见了，没有不接见的，讲话都讲了，我还有一张和毛主席在一起的合照。"

祖国人民的慰问信和慰问品还源源不断地送到朝鲜前线。在清华大学，教师们发起了做 1000 个慰劳袋和写 1000 封慰问信的活动。林徽因教授亲手缝制了骆驼毛棉背心，送给冰天雪地中的战士御寒。华罗庚教授在慰问袋里附上一首诗，盛赞志愿军的作战英勇。这使远在千里之外的战士们感到了浓浓的暖意。

【2020 年采访】张怀义 87 岁（时任志愿军炮兵第 10 团 2 营营部侦察排长）

"赠送我们的最可爱的人的缸子，还有一条毛巾，毛巾在朝鲜买不到，很多我们需要的东西，如牙膏，还有一袋水果糖。很感动！毛主席和全国人民没有忘了我们，还亲自到朝鲜来看我们。"

祖国人民把慰问
品运往前线

　　1953 年 7 月，朝鲜的战火停止了。在贺龙的带领下，第三支
祖国慰问团前往朝鲜。慰问团人数超过 5000 人，其中文艺工作者
多达 3100 人。全国 40 多个剧团，几乎全部参加，包括京剧艺术大
师梅兰芳在内的著名艺术家们，也参加了慰问团。

【2000 年采访】梅葆玖（时任赴朝慰问团团员梅兰芳之子）

　　"有一次，我忘了是在哪儿了，就是白天，慰
问志愿军，我父亲都化完妆了，跟马连良马先生唱
《打渔杀家》，忽然一下天就下雨了，越来越大。"

【2000 年采访】郭岐生（时任赴朝慰问团团员）

　　"后来志愿军首长给梅先生打伞，打着伞清
唱。梅先生说最好我也得有点礼貌，您把伞给我撒
了得了，我这么淋着我心里好像对得起坐这儿看戏
的战士们。"

梅兰芳带妆和马连良冒雨演出

梅兰芳为志愿军演出京剧

在前线慰问演出中，沈阳鲁迅艺术学院的毕业生们是最为活跃的队伍之一。这所学校的前身，是抗日战争时期的延安鲁迅艺术学院。

【2012年采访】刘波（时任东北鲁艺抗美援朝文工团团员）

"那时候排一个什么戏呢，排了胥树人写的一个小歌剧，反映中朝人民友谊的。还排了一个叫《女队长》，《女队长》就反映了反美帝国主义的这个戏。"

【2012年采访】王卓（时任东北鲁艺抗美援朝文工团团员）

"我们就在外面一个水冲的洞子里面，就在那写，我们最后把一个大的七场剧写完了。"

第一部反映抗美援朝纪录片的诞生

中央新闻纪录电影制片厂的前身是著名的延安电影团。1951年摄制完成了新中国第一部反映抗美援朝的纪录片，同年12月28

中央新闻纪录电
影制片厂派赴朝
鲜的摄影队队员

日，在全国 40 个城市，265 个影院同时放映。

这是当年第一部战地电影，生动地反映了战场上志愿军取得大捷时的盛况。

1950 年 10 月 20 日，中央新闻纪录电影制片厂的 11 位摄影师接到秘密赴朝的命令，在延安电影团经历过抗日战争硝烟的摄影师徐肖冰，担任了这支队伍的队长。摄影队跟着志愿军部队日夜行军，开赴前线。他们除了和战士们一样全副武装外，还要携带着沉重的摄影器材。

【2000 年采访】王瑜本（时任志愿军随军摄影师）

"坑道上面都有掩体盖着，人从外面看不到，掩体就有射击孔，我们就把射击孔给扩大一点，把镜头伸出去拍，拍完了赶快跑。因为我们有狙击手射击敌人，敌人也有狙击手射击我们，所以一旦暴露目标，马上就打你。有一次我和我们几个同志，就到最前沿阵地拍敌人阵地，刚拍完迫击炮就来了，机枪也来了。"

对前线的战士们来讲，拍电影是件新奇的事，更是件光荣的事。

【2000年采访】刘德源（时任志愿军随军摄影师）

"几乎在每一个战士心里都是这样，他都能够期盼有一天他自己在朝鲜的表现，在战场上的表现，能够使家人、使全国人民都看到的。"

随着战争态势的发展，中国面对的国际局势越来越严峻。新中国成立之初，香港和澳门是海外援华物资进入中国的重要入口。在以美国为首的西方国家对中国实施全面禁运后，港英政府不断打压支援祖国的爱国商人，大量物资滞留在香港。

香港商人霍英东，当时不到30岁，刚刚开始创业。尽管他只有几艘船只，仍然决定为祖国尽力，把物资运到内地。

【2002年采访】霍英东（时任香港立信置业有限公司董事长）

"当时运输也受到很大的干扰，风险原来是很大的，当时国家还有很多困难，作为一个中国人，也应该贡献他一点力量。但是两三年来也不简单，一年365天没有停。"

抗美援朝战争结束以后，港英政府对霍英东的正常商业活动进行了长达40年的打压。1997年香港回归之后，霍英东说："交接仪式上，目睹五星红旗和紫荆花区旗冉冉升起，我真切地感受到自己终于可以堂堂正正地做回中国人。"

霍英东支援内地物资运输

中国人民抗美援朝保家卫国的运动，激励着侨居世界各地的每一位中华儿女，海外华人华侨纷纷捐款捐物支援祖国。

福建省厦门集美学村东南角海滨，一座名为"鳌园"的公园中，安葬着著名的爱国华侨陈嘉庚。

美军等外国军队悍然侵略朝鲜时，陈嘉庚回国不久。面对美帝国主义的侵略行为，他表示将毫无保留地拥护我国政府和人民抗美援朝的伟大斗争。他从集友银行开出一张人民币 50 万元的支票，捐赠给前方的志愿军战士，用以购买寒衣。

1950 年，陈嘉庚受邀参加中国人民抗美援朝总会，成为最初的 158 名成员之一。

在抗美援朝战争中，中国并没有停下发展的步伐，国民经济也取得了重要成就。1950 年 6 月，毛泽东主席发表《为争取国家财政经济状况的基本好转而斗争》。1951 年初，毛泽东主席又提出："三年恢复，十年计划经济建设。"抗美援朝战争中，中国形成了前

陈嘉庚等积极支援祖国的华侨领袖和志愿军司令员彭德怀合影留念

电影《上甘岭》
剧照

所未有的团结统一和社会稳定。全国实行边打、边稳、边建的方针，1951 年消灭了财政赤字，1952 年底全面完成了国民经济恢复任务。从 1953 年起，开始实行第一个五年计划，中国进入了有计划地发展国民经济的新时期。

1956 年 12 月 1 日，第一部关于抗美援朝的故事片《上甘岭》全国公映。词作家乔羽和作曲家刘炽创作的主题曲《我的祖国》，随之传遍全国。

当时，词作家乔羽才 20 多岁。在创作这首歌的时候，曾有人建议说，把歌词中"一条大河波浪宽"，改成"万里长江波浪宽"，乔羽说："尽管万里长江有气势，但有人可能并没见过长江。然而不管你是哪里的人，家门口都可能有一条河，它寄托着你的喜怒哀乐，引起人们的共鸣。"

"一条大河波浪宽"

六

永远铭记

　　1953 年 7 月 27 日上午 10 时，在板门店，《朝鲜停战协定》正式签署。这是和平的胜利、正义的胜利、人民的胜利！整个抗美援朝战争中，中国人民志愿军先后有 290 万人参战，19 万多人壮烈牺牲。70 年来，中国共产党、政府和人民始终没有忘记谱写了气壮山河的英雄赞歌、创造了人类战争史上以弱胜强的光辉典范的志愿军将士，以及所有为这场战争的胜利作出贡献的人们。

烈 士 英 名 墙

中朝友谊塔，这座位于朝鲜首都平壤的碑塔式建筑巍峨耸立，其建筑地址和建筑造型在 1953 年由周恩来总理与金日成首相亲自审核选定。

2019 年 6 月 21 日，习近平总书记来到这里参谒了这座为纪念中国人民志愿军英烈的丰功伟绩而修建的中朝友谊塔。

在友谊塔内存放的宝函里，陈放着 10 本志愿军烈士名册，习近平仔细翻阅志愿军烈士名册原本，映入眼帘的是英烈们的一个个闪光的名字。

"缅怀先烈，世代友好"

中朝友谊塔

志愿军烈士名册

习近平总书记在题词簿上题词:"缅怀先烈,世代友好"。

整个抗美援朝战争中,中国人民志愿军先后有 290 万人参战,

中朝友谊塔
内饰画

19 万多人壮烈牺牲，他们的英灵永远融进了这片三千里江山。

虽已历经半个多世纪风雨，但那些创造了伟大历史的英雄儿女，依然在共和国的集体记忆里闪耀，让我们永远铭记。

1953 年，艰苦卓绝的抗美援朝战争进入第三个年头。

1953 年 2 月 7 日，毛泽东在中国人民政治协商会议第一届全国委员会第四次会议上发表讲话，表明了中国人民将抗美援朝战争进行到底的坚强意志。

毛泽东：他们要打多久，我们就打多久，一直打到完全胜利

> 毛泽东："这个仗要打多久时间，我看我们不要作决定。它过去是由杜鲁门，以后是由艾森豪威尔或者美国将来的什么总统来决定的。这就是说，他们要打多久，我们就打多久，一直打到我们完全胜利！"

到 1953 年 4 月底，中朝军队总兵力达 180 万人，其中志愿军 20 个军 135 万人，火力大大增强，作战物资充足，彻底解除了后顾之忧，完全掌握了战场主动权。

风雨中开启的板门店"共同警备区"大门，门内就是 60 多年里朝韩双方最为敏感的军事分界线前沿，当今世界地雷埋设密度最大的地区。

1951 年 10 月 25 日，板门店谈判区建立，谈判双方以空中的氢气球作为中立区的标志，以地上的红布作为谈判会场的界线。如今，在经历了两年不亚于战场激烈程度的斗争后，这座世界瞩目的外交战场，终于迎来了尘埃落定的时刻。

1953 年 7 月 13 日，中朝军队发起了金城战役。

【2020 年采访】何根毅 93 岁（时任志愿军第 60 军 181 师 53 团 2 营副教导员）

"就是说，你不进攻我，我就要进攻你了，我们各方面准备就绪了。"

【2020 年采访】赵凤朝 94 岁（时任志愿军第 122 榴弹炮营政治教导员）

"一门炮准备 50 发炮弹，一定要敌人签字，不签字不行。"

【2020 年采访】王文川 90 岁（时任志愿军第 66 军 198 师 592 团 8 连 3 班班长）

"半个小时对一次表，半个小时对一次表，到时间了就'放'，漫山遍野的炮在夜间就照到天亮了。"

金城战役示意图

这次战役，志愿军第 20 兵团指挥 5 个军，集中 1100 门火炮，同时向敌发起猛攻。

金城战役，志愿军的炮火首次超过敌军，敌人防线土崩瓦解。

【2020 年采访】邬戈 89 岁（时任志愿军第 23 军文工团演员队队长）

"那一次战斗简直是太过瘾了，这个直捣'黄龙'啊，把他的白虎团都干掉了。"

这面用彩色丝线精工细绣的虎头旗，是志愿军第 68 军 203 师 609 团副排长杨育才率侦察班在朝鲜战场缴获的南朝鲜军首都师第 1 团团旗。这面"优胜"旗，作为战利品成为中国人民革命军事博物馆的永久馆藏。

作为抗美援朝战争的收官之战，金城反击战有力促进了停战的实现，打出了和平的早日到来。金城战役，志愿军共歼敌 7.8 万余人，向南扩展阵地 192.6 平方公里，拉直了战线，使中朝方面在停

志愿军战士缴获的南朝鲜军旗帜

战后处于十分主动的有利态势。

所谓的"联合国军"总司令克拉克认识到，如再拖延停战签字，美方损失将会更加惨重。美方谈判首席代表不顾李承晚反对，要求尽快与中朝方面在停战协定上签字。

【2020年采访】齐天印93岁（时任志愿军朝鲜停战谈判代表团参谋）

"金城战役以后，第二天就谈判，他们就低着脑袋来了。我们说划线怎么划，三八线还是三九线？他说哎哟，按实际控制线划吧。又按实际控制线划，就是现在军队接触的线。"

在一次次用斗争促和平后，敌人终于丢掉幻想。1953年7月27日上午10时，在板门店这个签字大厅里，交战双方首席代表正式签署停战协定。

之后，彭德怀、金日成、克拉克也分别在停战协定上签字。

朝鲜停战协定是1953年7月27日上午10时，在板门店签署。协定签署后，12小时起在朝鲜的一切敌对行动已经完全停止。

英国记者阿兰·委卜宁抢先采访了签字现场的中国人民志愿军司令员兼政治委员彭德怀，他在报道中写道，透过这位司令员脸上的微笑，你们就会知道，是中国人赢得了这场战争的胜利！

中朝方面和"联合国军"代表正式签署朝鲜停战协定

彭德怀面带微笑
接受外国记者
采访

　　据毛泽东的卫士长李银桥回忆说，1953 年 7 月 27 日，朝鲜停战协定签字的消息传到北京，毛泽东非常高兴，兴奋地在院子里哼唱了一段京剧，这种情景是多少年来十分少见的。

　　克拉克在签字后，对记者采访时满脸沮丧，他说，"我成了美国历史上第一个在没有取得胜利的停战协定上签字的陆军司令官"，"我感到一种失望的痛苦"。

　　"我们失败的地方是未将敌人击败，敌人甚至较以前更强大，更具威胁性。"在大洋彼岸全程关注的美国国防部长马歇尔叹息道："神话已经破灭了，美国并不是人们所想象的那样一个强国。"

　　这是渴望已久的和平，在战线各处的双方爆发出庆祝和平到来的欢呼。

【2020 年采访】于文忠 87 岁（时任志愿军炮兵第 7 师 2 团 1 营 3 连汽车修理工）

　　"我们前沿的，我们后方的部队大力地高呼：'胜利了！停战了！和平了！'"

英雄儿女

中朝军队欢庆胜利

【2020 年采访】赵凤朝 94 岁（时任志愿军第 122 榴弹炮营政治教导员）

"这山里头的人都出来了，跳舞的、唱歌的，还有扭秧歌的。"

这是和平的胜利，这是正义的胜利，这是人民的胜利！

在欢庆中，彭德怀走上前沿阵地，面对烈士牺牲的地方，这位志愿军司令员哽咽了："两天前我们的战士还在为这块土地英勇战斗，付出了他们年轻的生命和鲜血。现在停战了，但是他们却没有看到今天的和平。"

彭德怀：在抗美援朝战斗中，光荣牺牲的烈士们永垂不朽！和平胜利万岁！

彭德怀捡起印有
"献给最可爱的
人"的搪瓷水杯
（画作）

　　下阵地时，彭德怀在路边泥地里捡起一只满是弹洞的白色搪瓷水杯，水杯上印着七个鲜红的字："献给最可爱的人"。

　　彭德怀捧着水杯久久无言。

【2020 年采访】石毅 91 岁（时任志愿军第 60 军 180 师宣传干事）

　　"我们战士到前线的时候一点没有害怕，感觉美帝国主义可以打败，事实证明我们确实把它打败了。"

【2020 年采访】艺兵 80 岁（时任志愿军工程兵文工团团员）

　　"从此以后没有一个国家再敢欺负我们、再敢侵略我们、再敢欺辱我们！"

【2020 年采访】顾本善 87 岁（时任志愿军司令部机要秘书）

　　"现在越想你要是没有抗美援朝战争的胜利，会有今天吗！没有抗美援朝，能有今天的和平吗?"

朝鲜最高人民会
议常任委员会发
布政令嘉奖彭德
怀及志愿军将士

朝鲜以最高荣誉
表彰志愿军所建
立的伟大功勋

朝鲜停战后，1953年7月31日，朝鲜最高人民会议常任委员会发布政令，将朝鲜最高荣誉——"朝鲜民主主义人民共和国英雄"称号及一级国旗勋章、金星奖章授予中国人民志愿军司令员兼政治委员彭德怀。朝鲜最高人民会议常任委员会并先后将"朝鲜民主主义人民共和国英雄"称号及一级国旗勋章、金星奖章授予志愿军战斗英雄杨根思、黄继光、孙占元、杨连第、邱少云、伍先华、许家朋、胡修道、杨春增、杨育才、李家发，将勋章、奖章授予志愿军其他领导人和23万余名英雄、模范及有功人员，以表彰志愿军所建立的伟大功勋。

1953年8月11日，彭德怀由朝鲜回到北京。到车站欢迎他的有中国人民政治协商会议全国委员会、中国人民抗美援朝总会、各民主党派领导人和各界代表2000多人。

1953年9月12日，毛泽东主席在北京主持召开中央人民政府委员会第24次会议，会上彭德怀作了《关于中国人民志愿军抗美援朝工作报告》。

彭德怀由朝鲜回
到北京受到热烈
欢迎

彭德怀：西方侵
略者几百年来只
要在东方一个海
岸上架起几尊大
炮就可霸占一个
国家的时代，是
一去不复返了

　　彭德怀：在三年激战之后，资本主义世界最大工业强国的第一流军队被限制在他们原来发动侵略的地方，不仅不能越雷池一步，而且陷入日益不利的困境。这是一个具有重大国际意义的教训。它雄辩地证明：西方侵略者几百年来只要在东方一个海岸上架起几尊大炮就可霸占一个国家的时代，是一去不复返了。

　　新加坡资政李光耀感叹："中国人走向民族复兴，是从跨过鸭绿江那一刻开始的。"

　　金胜一（韩国东国大学史学系客座教授东亚未来研究院院长）："纵观中国近几十年的巨大发展成就，如果追本溯源我们就会发现，这一切的源头其实很大程度上都是来源于那场轰轰烈烈的抗美援朝战争。"

> 拉纳·米特（英国牛津大学现代中国政治与历史学研究中心主任）："我希望更多地去了解那些真正经历了朝鲜战争的人的所思所想。"

毛泽东主席在总结抗美援朝战争经验时说："志愿军打败了美国佬，靠的是一股气，敌人是钢多气少，我们是钢少气多。"

这"一股气"，后来被美军称为"谜一样的东方精神"。

从 1950 年 10 月 25 日，中国人民志愿军响应党中央、毛主席号召，应朝鲜党和政府请求出国首战开始，到 1953 年 7 月 27 日胜利停战。在历时两年零九个月的英勇奋战中，中国人民志愿军将战线从鸭绿江畔南推至三八线南北地区，共毙伤俘敌 71 万人，其中美军 29 万余人，击毁和缴获敌坦克 1492 辆、飞机 4268 架。

中国人民作出了巨大贡献，付出了巨大牺牲，赢得了伟大胜利。

朝鲜停战实现以后，为了推动朝鲜问题的和平解决和进一步缓和远东的紧张局势，中国人民志愿军在 1954 年 9 月到 1955 年 10 月的一年多时间内，先后分三批主动从朝鲜撤出 19 个师的部队。

被志愿军击毁的飞机和坦克

【2020 年采访】陈必如 90 岁（时任志愿军后方勤务警卫第 4 团政治处组织干事）

"我们走的那天，从驻地到火车站有四五里地，周围老百姓全部来了，从我们驻地一直到火车站，两面排的净是老百姓。"

朝鲜的山处处是鲜花、歌声和泪水。朝鲜人民以火一般的激情，送别这支为保卫和平而来，又为维护和平而去的中国人民志愿军。

向英雄的阵地告别，这里曾洒下我们的鲜血，愿你这饱经战火摧残的土地重新开满绚丽的和平之花。

向长眠在阵地上的战友告别，亲爱的战友，我们曾一起跨过鸭绿江并肩战斗，今天当凯旋的时刻来临，你却留在了异国他乡。

朝鲜人民含泪送别中国人民志愿军

朝鲜大娘泪别归国志愿军

志愿军总部指挥员
在毛岸英墓前默哀

1958 年 2 月 14 日，周恩来总理率领中国代表团访问朝鲜。中朝两国政府发表联合声明，向全世界宣告中国人民志愿军于 1958 年年底以前全部撤出朝鲜。

根据中朝联合声明，从 1958 年 3 月至年底，志愿军分三批实现全部撤军。志愿军撤离时，将营房、设备和物资全部无偿地移交给朝鲜人民军。

第一批从 3 月 15 日至 4 月 25 日撤出，第二批从 7 月 11 日至 8 月 14 日撤出，第三批从 9 月 25 日至 10 月 26 日撤出。至此，中国人民志愿军完成了党和祖国赋予的光荣使命，载着朝鲜人民浓浓的情谊全部撤离朝鲜。

【2020 年采访】顾本善 87 岁（时任志愿军司令部机要秘书）

"就是回国那一天，踏上祖国的土地我最高兴了。"

祖国人民欢迎
志愿军凯旋

【2020 年采访】王文川 90 岁（时任志愿军第 66 军 198 师 592 团 8 连 3 班班长）

"当时那个情况，激动、开心，都流眼泪了。"

　　国门之内，日夜牵挂出国将士的祖国人民，以最隆重的仪式欢迎自己的英雄儿女凯旋。在鸭绿江的祖国一侧，欢迎志愿军归国委员会和成千上万的人民群众热烈欢迎着英雄的归来。

【2020 年采访】李久芳 91 岁（时任志愿军工程兵 7 团文工队队长）

"一过丰台，列车里头就宣布，政治部宣布，总理在车下迎接我们，和每个人握手，你们不要重握。开一个门从其他车厢通过一个门下车，总理在车门下面说，同志们辛苦了，我欢迎你们回国。对每一个人都说这句话，我们喊感谢总理，谢谢你总理。这个场面是相当隆重。"

祖国人民迎接
志愿军凯旋

　　1958 年 10 月 28 日下午，首都各界人民 1 万多人在北京体育馆举行盛大集会，热烈欢迎中国人民志愿军胜利归来。

　　抗美援朝战争，志愿军领导机关授予英雄、模范称号和记特等功的人员共 502 人。官兵立三等功以上的人员 30 多万人，立集体三等功以上的单位近 6000 个，无数英雄获得国家和人民的崇高礼遇。

中国人民志愿军
战斗英雄

第二天，毛泽东主席以及党和国家其他领导人在中南海接见了志愿军代表团全体人员。

8年前，毛泽东曾在这里主持政治局会议决策出兵。今天，他在这里迎接志愿军回国，他说："都回来了吗？热烈欢迎你们！"

周恩来主持盛大国宴欢迎志愿军代表，他说："我代表全国人民、我们的党、政府和毛主席感谢你们！"

20世纪50年代，四川省革命残疾军人医院演出队在北京演出后，受到彭德怀等三位元帅接见，并合影留念。在合影中，叶剑英、贺龙两位元帅站在最外的两边，彭德怀元帅和数位上将站在后排，而前排全让给了志愿军残疾军人。在元帅的心中，这些一起并肩作战的亲密战友，是他们最为崇敬的英雄儿女。

抗美援朝战争的胜利，巩固了中国新生的人民政权，在世界上迅速改变了中国的积弱形象，确立了新中国在世界舞台上的大国地位。

伟大的抗美援朝战争，是保卫和平、反抗侵略的正义之战。这

彭德怀、叶剑英、贺龙接见四川省革命残疾军人医院演出队

参加日内瓦会议的
中国政府代表团

场正义之战得到了全世界爱好和平的国家和人民的同情、支持和援助。最终正义之师赢得了战争胜利，打乱了帝国主义扩张势力范围的部署，维护了亚洲以及世界的和平。

1954年召开的日内瓦会议讨论朝鲜问题和印度支那问题，新中国首次以五大国之一的身份出席这次重要的国际会议，这是新的世界格局形成和世界秩序稳定的重要表现。

70年来，西方社会对这场失败的侵略讳莫如深。美国学者约瑟夫·格登在其很有影响的著作《朝鲜战争——未透露的内情》一书中说："在美国不甚愉快的经历中，朝鲜战争算是其中的一个：当它结束之后，大多数美国人都急于把它从记忆的罅隙中轻轻抹掉。"

当1965年秋天，亚洲地区局势再次变得紧张时，时任外交部部长的陈毅元帅召开了长达两个半小时的记者招待会。在中外数百名记者面前，元帅针对帝国主义对中国的再次战争叫嚣，回应得斩钉截铁，表明了中国人打出来的坚强决心与必胜底气。

陈毅：善有善报，恶有恶报；不是不报，时候未到；时候一到，一切都要彻底地报销！

> 陈毅："中国人讲的一句话，善有善报，恶有恶报；不是不报，时候未到；时候一到，一切都要彻底地报销！"

　　活着的英雄得以凯旋回国，而有许多英烈在入朝时在鸭绿江畔回望祖国的最后一眼即为永诀。这些烈士曾是参加革命十几年的老兵，是刚刚离开家乡十几岁的小战士，是正在读书的大学生，是领袖的儿子，是工农的子弟，是新婚不久的丈夫，是年幼孩子的父亲，是风华正茂的女兵，他们是烈士遗属和祖国人民心中永远的骄傲。

　　中国人民志愿军当年种下的中朝友谊之花，如今依然盛开在朝鲜的处处山川。

　　黄继光中学位于朝鲜东海岸江原道高城郡。作为以黄继光名字命名的中学，在朝鲜非常有名，学校悬挂的黄继光肖像油画是该校美术老师根据心目中英雄的形象所作。

　　几十年来，在每年的 10 月 25 日抗美援朝纪念日，黄继光中学都要组织学生长途步行到上甘岭前线瞻仰黄继光烈士遗迹。

　　1953 年 4 月，黄继光壮烈殉国半年后，黄继光的母亲邓芳芝当选为全国妇女代表，出席全国妇女大会。

朝鲜黄继光中学的学生在油画前讲解黄继光事迹

毛泽东接见黄继光
母亲邓芳芝

黄继光母亲："握了毛主席的手，毛主席说：'黄妈妈你好哦！多亏你把黄继光教育得好，教育他为人民服务。'我赶忙又说：'你毛主席教育得好，培养得好。'毛主席说：'你生得好，养得好！'"

领袖与百姓共同
诠释家国情怀

毛泽东特地请黄继光的母亲邓芳芝到中南海做客。一位烈士的父亲的手和一位烈士的母亲的手紧紧握在了一起。

毛泽东说："你失去了一个儿子，我也失去了一个儿子，他们牺牲得光荣，我们都是烈属。"

两位老人，领袖与百姓，共同为我们诠释了什么才是真正的家国情怀。

在毛泽东逝世 14 年后，1990 年，工作人员在清理毛泽东的遗物时，意外发现了毛泽东单独整理收藏的一个箱子，箱底里有两件衬衫、一双袜子、一顶军帽和一条毛巾。毛泽东瞒着所有人，将这些物品整整珍藏了 26 年，这是他儿子毛岸英留下的最后的遗物。

毛泽东将毛岸英
遗物珍藏 26 年

　　位于朝鲜平安南道桧仓郡的中国人民志愿军烈士陵园，就在志愿军司令部旧址的旁边，陵园依山而建，苍松翠柏。

　　1958 年 2 月 17 日，周恩来总理率领中国代表团访问朝鲜期间，冒着漫天飞雪，来到桧仓郡中国人民志愿军烈士陵园凭吊。

朝鲜桧仓郡中国
人民志愿军烈士
陵园

【2020 年采访】李久芳 91 岁（时任志愿军工程兵 7 团文工队队长）

"一下车，鹅毛大雪，我们没有看到过，朝鲜都没有过鹅毛大雪，对面见不到人的雪，大雪片。司令员说雪太大了，总理，等雪过了再上。总理说不行，上。

到最后鞠躬告别，下来走下台阶，一上车，大雪停了，一点都不下了，我们大家说感动天老爷了。"

歌曲《日月同光》："湘水之岸，英木苍苍，身在异域，魂归故乡。凤凰涅槃，人天共仰，为国舍命，日月同光。"

周恩来冒雪到朝鲜桧仓烈士陵园凭吊

《日月同光》这首歌曲，是词作家刘毅然和曲作家刘为光为电视剧《毛岸英》创作的片尾曲，歌曲颂扬了毛岸英同志为国舍命的感人壮举。这首歌曲在朝鲜曾被多个演出团体演唱。

周恩来冒雪到烈士陵园凭吊

【2020年采访】李娴娟 88岁（时任志愿军文工团团员）

"有一个烈士我印象非常地深，肯定也就是十八九岁，很年轻，兜里有一张照片，这张照片是很年轻的女孩。用今天的话说，就是读懂了一个初恋的故事。后来把这个战士用白布裹着就埋下来了，暂时埋在那个山上，让他的头对着北方，对着祖国的方向。"

21岁的志愿军战士罗盛教从冰窟中救出落水儿童崔莹而牺牲的故事在中朝两国家喻户晓。罗盛教牺牲后，当地朝鲜群众感念他的牺牲，以罗盛教的名字命名了集体农场，因担心当地经常暴发山洪，就把罗盛教烈士墓建在农场里唯一一块不会被大水淹没的高地上。

"君埋泉下泥销骨，我寄人间雪满头。"

那年送别你们的家人如今已被岁月侵蚀了面容；那年与你们并肩的战友已是白发苍苍，但你们共同创造的功勋和记忆将永远长留

罗盛教烈士的国
祭主义精神布朝鲜
人民永远共存

金日成

金日成给罗盛教
的题词

在这浩然天地。

在半个多世纪的思念里，战斗英雄杨春增的家人从来不知道烈士的遗体埋葬在哪里，烈士的母亲到去世都心愿未了。经过朝方同志的努力，杨春增的妹妹杨春果终于找到了哥哥的墓。

杨春果把带来的土分出一半，撒向了哥哥的战友们。她说这土不只是她们老家的土，也是祖国的土，烈士们都沾些祖国的土，也就等于是回家了。

> 杨春果向哥哥烈士墓撒土："哥啊，你闻闻家乡的土香味，咱妈妈临终的遗愿。"

在抗美援朝战争中，除了牺牲在朝鲜境内的烈士，还有许多无法统计的英烈牺牲在韩国一侧，这些无名埋在异国的英烈一样是祖国和人民的牵挂，祖国从来没有放弃过寻找。

2013 年，在习近平主席的关心和推动下，中韩双方本着人道

韩国汇源道志愿军
烈士埋骨处

主义精神，就交接在韩志愿军烈士遗骸归国一事达成协议，并于 2013 年 12 月 5 日共同签署了会谈纪要。

2014 年 3 月 28 日，首批 437 具中国人民志愿军烈士遗骸从韩国仁川机场踏上回家之路，运送烈士遗骸的专机进入中国领空后，空军派出两架歼-11B 战机迎接护航。

东航 056 航班："我们是东方航空 056 航班，运送志愿军烈士遗骸前往沈阳。"

歼-11B 战机："欢迎志愿军忠烈回国，我部飞机两架，奉命为你全程护航。"

挂实弹护航的战机编队来自我军第一支空军战斗部队，这支打下抗美援朝空战首战的英雄部队来护航志愿军英烈遗骸归国，让人感慨万千。

护航的战机编队完成任务后低空飞过仪式现场上空，用飞行员特有的方式向志愿军先烈致以崇高敬礼。

离家还是少年身，归来已是报国骨。

在韩志愿军烈士遗骸

437 位中国人民志愿军英烈，别离祖国 60 多年后，终于在今天魂归。今天，你们的后代战友用至高军礼，护卫你们归来。

担任礼兵和卫兵的 545 名官兵，全部来自原第 39 集团军。这支当年首批赴朝、打赢陆战首战的猛虎之师，今日以后继之躯将志愿军先烈遗骸紧紧怀抱。

【采访】李华（中国人民解放军北部战区某部礼兵）

"当接到棺椁那一刻，实际上我感觉就是，不光是托举先烈的遗骸，实际上也在拥抱一个长辈。"

今日祖国，已如你们所愿，山河无恙，国泰民安。以后祖国山河由我们守护，请你们安息。

2020 年 9 月 27 日上午，编号 01 的中国国产大型运输机运-20 载着第七批在韩志愿军烈士遗骸归来。

离家还是少年身
归来已是报国骨

机场塔台：感谢你们把英雄带回家乡，时隔七十载，山河已无恙，英雄回家乡。

运-20 专机：感谢塔台指挥保驾护航，向人民志愿军忠烈致敬。人民英雄永垂不朽！

机场跑道的水门，为不朽忠骨洗去征尘。

你曾在异国荒野里遥望祖国的天空，你曾在异国风雪中等待返回家乡的光荣，今天，五星红旗覆盖在你们的紫红色棺椁之上，带领你们回家，在祖国的土地上长眠，在亲人的怀抱中永生！

2014 年至今，已有 7 批共 716 位在韩中国人民志愿军烈士遗骸回到祖国，并安葬于沈阳抗美援朝烈士陵园。

飞行员向志愿军烈士致以崇高敬礼

从 2014 年首批志愿军烈士遗骸归国以来，军事科学院军事医学研究院的科研团队分期分批对烈士遗骸进行采集分析。由于长年在战场上掩埋，对分析鉴定带来极大挑战。科研人员怀着尊重每一位烈士的精神，夜以继日工作，筛选了三四百个配方，最终解决了关键难题，并建立数据库，为烈士身份鉴定和亲属认亲奠定了基础。

2019 年，在新中国成立 70 周年前夕，沈阳抗美援朝烈士陵园里举办了一次特殊的认亲仪式。6 名归国的在韩志愿军烈士遗骸身

2020 年 9 月 27 日，在沈阳桃仙国际机场，礼兵将志愿军烈士遗骸的棺椁护送至军用车辆

183

中国人民志愿军
烈士认亲仪式

痛别 70 年，志愿
军老战士陈虎山
终于等回了哥哥

份得到确认，这 6 名烈士牺牲时最小的 19 岁，最大的 31 岁，烈士
遗骸一直留在韩国境内，如今归国等待家人的相认。

在认亲仪式现场，有一位烈属确认与烈士遗骸有直系血缘关
系，他就是陈虎山老人。

70 年过去，陈虎山终于可以见见自己的哥哥，他一直小心翼
翼保存着的志愿军军装，终于可以在哥哥面前穿上。一身戎装的陈
虎山在刻有 174407 名抗美援朝烈士英名墙上，看到了大哥陈曾吉
的名字。

陈虎山（烈士陈曾吉弟弟）："哥，我们等了 70 年，今天
终于回到家了。"

志愿军老战士陈虎山每天擦拭的珍藏，是一张志愿军战士的照
片，上面战士年轻俊朗，手握钢枪，英姿飒爽。照片里是他牺牲的
战友、他思念的哥哥。

> 陈虎山："我五叔也是跟他一个部队的，回来以后说，我哥哥牺牲了，我哥哥是侦察连的侦察班班长，侦察的时候牺牲了，我五叔亲自在那里掩埋了他。我家里面一共7个人当兵，只有五叔活着回来了。"

1956年，陈虎山追随哥哥的脚步，也成为一名光荣的志愿军战士。在朝鲜，他说得最多的话就是，这是哥哥战斗过的地方。他最大的遗憾，就是没有找到哥哥牺牲的地方。

带着这份遗憾与思念，陈虎山在岁月里等待成82岁的老人。

70年来，中国共产党、政府和人民始终没有忘记谱写了气壮山河的英雄赞歌、创造了人类战争史上以弱胜强的光辉典范的志愿军将士，以及所有为这场战争的胜利作出贡献的人们。根据相关法规政策规定，志愿军以及参战的民兵民工，无论是阵亡还是失踪，只要确认是在战争中作战牺牲，均已评定为烈士。

为什么战旗美如画？英雄的鲜血染红了它。

革命烈士证明书

新中国成立七十周年阅兵式上的战旗方队

2019年10月1日，在庆祝中华人民共和国成立七十周年的盛大阅兵式上，战旗方队100面荣誉旗帜整齐列阵，气势如虹地通过天安门广场，接受党和人民检阅。在这100面荣誉旗帜中，就有19面荣誉旗帜来自抗美援朝战场，与其他英雄旗帜一起汇聚成雄壮的钢铁洪流，行进在新时代捍卫祖国和人民的强军新征程上。

党的十八大以来，人民军队深入学习贯彻习近平新时代中国特色社会主义思想和习近平强军思想，正沿着中国特色强军之路，向着实现党在新时代的强军目标，把人民军队全面建成世界一流军队阔步前进。

新时代，在实现中华民族伟大复兴的征程中，中国人民将永远铭记老一辈无产阶级革命家和中国人民志愿军为维护正义、反对强权所建立的不朽历史功勋；永远铭记谱写了气壮山河的英雄赞歌、创造了人类战争史上以弱胜强的光辉典范的志愿军将士；永远铭记那些用鲜血染红盛开在朝鲜大地上的金达莱花的烈士，他们的英名将永垂史册。

漫山遍野盛开的
金达莱花

习近平（2020 年 10 月 23 日在纪念中国人民志愿军抗美援朝出国作战 70 周年大会上的讲话）："在波澜壮阔的抗美援朝战争中，英雄的中国人民志愿军始终发扬祖国和人民利益高于一切、为了祖国和民族的尊严而奋不顾身的爱国主义精神，英勇顽强、舍生忘死的革命英雄主义精神，不畏艰难困苦、始终保持高昂士气的革命乐观主义精神，为完成祖国和人民赋予的使命、慷慨奉献自己一切的革命忠诚精神，为了人类和平与正义事业而奋斗的国际主义精神，锻造了伟大抗美援朝精神。伟大抗美援朝精神跨越时空、历久弥新，必须永续传承、世代发扬。"

志愿军烈士的英
名永垂史册

　　实现中华民族伟大复兴，是近代以来中华民族最伟大的梦想。我们要更加紧密地团结在以习近平同志为核心的党中央周围，坚持以习近平新时代中国特色社会主义思想为指导，增强"四个意识"，

2020年10月23日，纪念中国人民志愿军抗美援朝出国作战70周年大会在北京人民大会堂隆重举行

坚定"四个自信"，做到"两个维护"，大力弘扬伟大的抗美援朝精神和民族精神，更加奋发有为地推进新时代中国特色社会主义的事业，努力实现"两个一百年"奋斗目标，为维护世界和平作出新的更大的贡献。

《英雄儿女》创作组名单

出 品 人　慎海雄

总 策 划　李　挺

总 监 制　王晓真

总 导 演　闫　东

总 撰 稿　江　英

执行总导演　刘　岳

监　　　制　杨　明　　谷云龙　　才婉茹　　陈　忠　　王冬玲

导 演 组　王益平　　彭　山　　曲新志　　邓新力　　刘　典

　　　　　张宝平　　吴胜利　　王美彪　　芦志钢　　丁颖洁

　　　　　杨诗仪　　黄丽君　　田楚韵

撰 稿 组　董保存　　石景光　　徐　平　　田越英　　汪　新

　　　　　刘　阳

前期策划　西　冰　　吴东峰　　亓克君

导演助理　谢　飞　　孔维锐　　黄东晓　　李爱明　　晏　然

　　　　　李先通

节目统筹　黄艳蓉

摄影指导　姜　力　　邵志汶

摄　　　影　左　岳　　李　亮　　袁　帅　　晏经纬　　徐海全

　　　　　孟凡轲　　范　鑫　　魏子轩　　祖广宁　　杨　振

	王煜程	柳 明	陈 硕	方晓峰	杨宏伟
	郭 旺	杨 赛	董大伟	华旭阳	张 抗
	张 毅	张子龙			

航拍摄像 马庆柯　穆 彪　魏 奇　刘 翀

摄像助理 白 金　谭明垚　王建强　王子豪　薛鹏龙
　　　　　郑 轶　安东杰

境外记者 卢星海　侯茂华

境外摄像 李相球　蔡一帆　师 旭

资料总监 黄平刚

资料监制 童 瑛　刘振宇　张丹宁　朱勤效

资料统筹 高 峰　史维涛　张 爽

资料编辑 郭建芬　孟婷婷　范 焱　刘 颖　谢文晖
　　　　　韩雪乔　潘 腾　谷 林　杜莎莎　田方原
　　　　　李志远　刘芃芃　徐 堃　邓青燕　闫 雪
　　　　　张春晖　吴 洁　王 莉　张玉欣　孙 丽
　　　　　高 卓　赵 琬　王 原　何丽云　杨雨佳

技术总监 智 卫　崔建伟　赵贵华

技术统筹 栗晓斌　刘 茹　赵热雨　白河山　夏 清

后期主管 李 艺　李智玮

后期技术保障 陈 辉　孙振宇　王 伟

后期视频编辑 李常揆　刘智鹏　訾 钰　秦思捷
　　　　　　张功淼　谷 峰　彭晓峰　王晨辉
　　　　　　解 忱　张 帆　李苏一

后期视频调色 杜宏鹏　李 森　杨浩徽

视觉指导 江 涛　国 雯

视觉导演 赵衍雷

视效指导	杨　楠				
片头设计	王　艺	张世博	刘颖卓	毛婧璇	马鹏程
项目管理	刘亚男				
平面设计	林　燕	陈　楠	张潇雷	冯　妍	
视效设计	张霄鹤	周文磊	潘　岩	梁　烨	景世昌
	肖明璐	曹雪朦			
三维动画	张家宁	王雅男	葛小丁	何天舒	刘　科
	崔　洁	刘清杰	朱天宇	王　松	
数字模型	姜　昊	蔡天赋	薛　江		
视效合成	张　赞	张　衍	张激光	要兆刚	隋志鹏
	王大力	陈　强	冯　坤	李博岩	刘　鹏
视觉技术	王子建	宋兴旺			
音频监制	关朝洋	陈　晨			
音乐编辑	毛薇薇				
动效编辑	王　玥	张星宇	张渲祥		
解　　说	姚　科				
作　　曲	刘为光				
演　　奏	亚洲爱乐乐团				
指　　挥	黄立杰				
片尾歌曲	《英雄赞歌》				
作　　词	公　木				
作　　曲	刘　炽				
领　　唱	殷秀梅				
主题歌剪辑	白　洋	赵玉婷			
宣传策划	苑文刚	王永利			
新媒体统筹	谭珮瑶	赵军胜			

新媒体编辑	王　玥	卢红霄	杨　颖	张　竞	张曦健
	胡　悦	徐　曼	王誉婷	郑博元	马一搏
	孙　莉	刘梦圆	王笑梅	王雨薇	于明立
	谢薇婧	李明芮	马思遥	陈炳晓	刘赛因
	刘佳彤				
宣传协调	王中略	胡云龙	孙莲莲	易　晶	郭　磊
运营总监	任学安				
运营管理	张　琳	张　啸	任海平	石继萍	谭　菁
节目协调	魏　威	刘　芳	宾千葉	田咏力	邓治英
	张文龙	毛广卫	胡晓慧	韩　毅	全梅君
制　片	马　岩	李晓娟	魏新宇	付　军	任晓鹏
	何　泉	范文凯	王　虓	杨笑宇	段　岩
	佟　超	顾泽斌	赵永国		
制片主任	王建彤	梁吉琼			
制 片 人	闫　东				

深情感谢接受采访的志愿军老战士

文 击	艺 兵	于文忠	于 泽	王文川	王天成
王占廷	王文学	王天保	王扶之	王庭义	王清珍
王朝君	可 青	石 岩	石 毅	古文正	龙加林
史祥彬	邬 戈	吕 品	朱 俊	刘志田	刘 峰
刘 峻	齐天印	许容奎	李士瑜	李太山	李久芳
李天恩	李坚婉	李明天	李娴娟	李清廉	李登月
杨汉黄	杨雨滋	杨 森	杨锦炎	肖明义	吴昕华
吴维山	何根毅	宋六一	汪学文	沈冠明	张立春
张怀义	张怡恩	张春芳	张炳新	张宣初	张勇手
张积慧	张嵩祖	陆柱国	陈必如	陈生秀	陈树棠
陈浩昌	陈灏珠	武际良	尚继辰	周全弟	周德全
庞金典	郑 起	郑梦祥	赵凤朝	赵汝平	胡复生
钟永文	俞作太	姜平安	秦祖康	都本富	夏云鹤
夏昌明	顾本善	高 翔	郭永良	郭忠臣	陶克安
黄会林	黄宝善	萧模林	曹永魁	崔广辉	梁文汉
梁日普	梁进荣	韩景修	韩德彩	鲁 哉	曾 焰
曾贵明	鲜开志				

鸣　谢

中央新闻纪录电影制片厂（集团）

北京卫戍区政治工作部

中央档案馆

中国人民革命军事博物馆

中视前卫影视传媒有限公司

北京中视北方影视制作有限公司

附　录

抗美援朝大事记

1950 年

★ 6 月 25 日，朝鲜战争爆发。

★ 6 月 27 日，美国武装干涉朝鲜内政，美国第七舰队向台湾海峡出动，侵略中国领土台湾。

★ 7 月 7 日，"联合国军"成立，麦克阿瑟任"联合国军"总司令。

★ 7 月，中国组建东北边防军。

★ 9 月 15 日，美国军队在仁川登陆。

★ 10 月 1 日和 7 日，南朝鲜军和美军相继越过三八线。

★ 10 月 8 日，毛泽东主席发布命令，组成中国人民志愿军，任命彭德怀为司令员兼政治委员。

★ 10 月 19 日，中国人民志愿军入朝参战。

★ 10 月 25 日，志愿军首战告捷，这一天后被确定为抗美援朝纪念日。

★ 10 月 25 日—11 月 5 日，志愿军进行第一次战役，初步稳定了朝鲜战局。

★ 11 月 26 日—12 月 24 日，志愿军进行第二次战役，扭转了朝鲜战局。"联合国军"撤至三八线以南。

★ 12 月 31 日—1951 年 1 月 8 日，志愿军进行第三次战役，把"联

合国军"打退到三七线附近地区。

1951 年

★ 1 月 25 日—4 月 21 日，志愿军进行第四次战役。

★ 4 月 22 日—6 月 10 日，志愿军发动第五次战役，把战线稳定在三八线附近地区，朝鲜战争转入相持局面。

★ 6 月，毛泽东提出"持久作战、积极防御"的战略方针，阵地战成为主要作战形式。

★ 7 月 10 日，双方在开城开始停战谈判。

★ 8 月 18 日，志愿军和朝鲜人民军进行夏季防御战役，并开始反"绞杀战"斗争。

★ 9 月 29 日，志愿军开始秋季防御战役。

1952 年

★ 9 月 18 日，志愿军发起秋季全线性战术反击作战。

★ 10 月 14 日—11 月 25 日，"联合国军"发动金化攻势，进行上甘岭战役。

1953 年

★ 7 月 13 日，志愿军发起金城战役。

★ 7 月 19 日，板门店双方谈判代表在所有问题上达成协议。

★ 7 月 27 日，《朝鲜停战协定》签字，全线实现停火。

1958 年

★ 10 月 26 日，志愿军最后一批部队撤离朝鲜回国。

大型纪录片《英雄儿女》将播出

　　为纪念中国人民志愿军抗美援朝出国作战 70 周年，由中共中央宣传部指导，中央广播电视总台摄制的六集大型电视纪录片《英雄儿女》，从 10 月 21 日起在中央电视台综合频道晚 8 点档黄金时段播出，每天两集连播。中央电视台新闻频道等重播，中央主要新闻网站、重点门户网站和"学习强国"平台等同步推出。

　　此片共六集，分别为《祖国召唤》《极限战争》《热血忠诚》《越战越强》《万众一心》《永远铭记》，每集 52 分钟。按照抗美援朝战争的历史进程，重点讲述中国人民志愿军的英雄人物和英雄故事，再现全国人民万众一心开展抗美援朝、保家卫国运动的壮丽图景，凸显抗美援朝的伟大精神和现实意义。

　　此片对百名志愿军老战士进行了抢救式采访，首次披露了珍贵的历史影音资料，如彭德怀作关于抗美援朝工作报告的原声录音，毛岸英在新中国成立之时陪同周恩来会见苏联文化科学艺术代表团的彩色影像，黄继光母亲邓芳芝的讲话原声录音，等等。鲜活生动的史实说明，志愿军不愧为中华民族的英雄儿女，是保卫祖国安全和世界和平的坚强卫士，是"最可爱的人"。

　　此片在摄制过程中，特别制作了百名老战士微纪录片《我的抗美援朝故事》，以及先导版微视频、速览版微视频、抖音系列短视频等，通过多维视角、多类型产品进行矩阵式传播。

　　本片的推出，将进一步激励广大群众弘扬革命英雄主义和爱国主义的精神，更加紧密地团结在以习近平同志为核心的党中央周围，奋发有为地推进中国特色社会主义伟大事业，为实现"两个一百年"奋斗目标，实现中华民族伟大复兴的中国梦而不懈奋斗。

　　　　　　　　　　　　　　　　（《人民日报》2020 年 10 月 21 日）

"英雄与日月同辉"

——纪录片《英雄儿女》引发观众强烈共鸣

为纪念中国人民志愿军抗美援朝出国作战 70 周年，由中共中央宣传部指导，中央广播电视总台摄制的 6 集大型电视纪录片《英雄儿女》，21 日至 23 日在央视综合频道播出后，引发了观众的强烈共鸣。

该片分为《祖国召唤》《极限战争》《热血忠诚》《越战越强》《万众一心》《永远铭记》6 集，按照抗美援朝战争的历史进程，讲述中国人民志愿军的英雄人物和英雄故事，再现全国人民万众一心开展抗美援朝、保家卫国运动的历史图景，凸显伟大抗美援朝精神的深刻内涵和现实意义。

纪录片对百名志愿军老战士进行了抢救式采访，运用了珍贵历史影音资料，再现历史，启示未来。

"这样的珍贵影像体现着'纪实'的强大力量，《英雄儿女》的每一帧画面都如此动人心魄。"中国人民大学广播电视学博士何天平说，"大量丰富鲜活的史实有力说明，志愿军不愧为中国人民的英雄儿女，是保卫祖国安全和世界和平的坚强卫士，是'最可爱的人'。"

年过九旬的黑龙江省哈尔滨市抗美援朝老战士何国良最近每天晚上都早早守在电视机前，等待观看《英雄儿女》。何国良说："历史的镜头又把我带入了战火纷飞的抗美援朝战场。"志愿军老战士田儒碧说:"70年前,我们在抗美援朝战场曾无数次与死神擦身而过。《英雄儿女》的镜头,唤起了我们久远的记忆。"

"这部纪录片里让我最难忘的片段,是志愿军老战士讲述长津湖战役。我真真切切地感受到70年前英雄们的无畏和悲壮。"广西壮族自治区苍梧县京南镇政府干部廖伟说。

一帧帧精致的画面,一处处生动的细节,让伟大的抗美援朝精神更加引起观众的共鸣。

在志愿军老英雄柴云振的家乡四川岳池,当地县委组织部组织学生收看《英雄儿女》。该县一位中学老师说:"自己由衷地为柴云振感到骄傲和自豪。他在抗美援朝战争中不怕牺牲、浴血奋战,战后又默默投身到家乡的建设中,三十年如一日。这种无私奉献的精神,值得我们继承和弘扬。"

"这部纪录片展现出的伟大抗美援朝精神,无论在过去、现在抑或是将来,都感天动地、震撼人心。"中国电视艺术委员会主任编辑赵聪说。网友留言道:"《英雄儿女》通过亲历者的视角,让我们看到这个英雄群体纯洁高尚的心灵和为了祖国和民族的尊严奋不顾身的爱国主义精神!"

武警西藏总队机动一支队组织全员观看《英雄儿女》纪录片。当看到纪录片中回忆历史的志愿军老战士颤抖着说出"勇士与阵地同在,英雄与日月同辉"时,战士罗志强一下子就红了眼眶。他说:"西藏高寒、缺氧,但高原军人缺氧不缺精神。我们要学习志愿军将士的英雄气概,铆足干劲,坚守岗位,苦练精兵,备战打赢。"

"这是一部年轻人都该看的片子。"北京大学艺术学院研究生黄丽琦说,"只有了解民族经历的苦难,才能加倍珍惜今天来之不易的幸福生活,才能更好地将青春奋斗融入党和人民的事业。"

　　"志愿军将士面对强敌威胁、身处严酷考验时，所表现出来的那种毫不畏惧、英勇顽强的献身精神，值得永远继承和发扬。"湖北省长阳土家族自治县人武部副部长李俊观看完纪录片后说，我们要弘扬伟大的抗美援朝精神，激励自己担当作为，履职尽责。

　　（《人民日报》2020 年 10 月 25 日，记者：倪光辉、刘阳、金歆）

以真实的力量震撼人心

——大型纪录片《英雄儿女》播出

　　为纪念中国人民志愿军抗美援朝出国作战 70 周年，由中共中央宣传部指导、中央广播电视总台摄制的 6 集大型电视纪录片《英雄儿女》，日前在中央广播电视总台综合频道播出。截至 2020 年 10 月 24 日 7 时，该片在总台和各平台跨屏传播的总触达次数为 9.33 亿次。

　　总导演闫东说："这部纪录片既关注当下，又兼具国际视野，是一部英雄的赞歌，也是我们对历史的深沉致敬。"

聚焦英雄人物

　　抗美援朝，打出了人民军队的军威，打出了新中国的国威，打出了中国人的骨气和尊严，让世界震惊。2019 年国庆七十周年阅兵时的百面英雄战旗，有 20 面来自当年朝鲜前线。

　　闫东说，6 集纪录片，每一集都围绕"人"这一关键字展开，全片共涉及 80 余个英雄故事和人物，其中有浴血奋战的志愿军英模，如杨根思、邱少云、孙占元、黄继光、罗盛教，也有踊跃支前的工人、农民、文艺工作者、医生、爱国工商业者，还有为志愿军缝军装、做炒面的普通人。"这一个个英雄儿女汇聚起来,多角度、全景式展现了抗美援朝那段可歌可泣的历史,展现了志愿军将士视死如归、保家卫国的精神,表现出全国人民万众一心、众志成城的爱国情怀和中华民族不畏强暴、维护和平的责任担当。"

志愿军英雄柴云振的故事,让闫东落泪。在一次战斗中,柴云振身受重伤,被转移到后方医院,与原部队失去联系,一度传说他已牺牲,但原第 15 军军长秦基伟坚持要找到他。1985 年,柴云振被找到了。原来抗美援朝战争结束后,他拿着三等乙级残疾军人证,复员回到自己的家乡四川岳池务农。当被问及需要组织为他做点儿什么时,柴云振挥挥被敌人咬掉半根指头的手说:"没得啥,都好!"

追求历史的真实

《英雄儿女》最动人的部分和最大的亮点之一,是对百位志愿军老战士的采访。

闫东一直特别注重原创。此前执导《大鲁艺》《长征》和《东方主战场》,他也曾大范围采访文艺界耄耋老人、红军老战士和抗战老兵。这次拍摄,健在的抗美援朝老战士都已八九十岁乃至百岁高龄,再加上疫情尚未全面结束,采访面临许多困难。"困难再多,也要不惜一切代价拿下。"闫东说。最终,近百人的摄制组分 8 路在全国进行抢救式采访,行程约 2 万公里,采访到志愿军老战士共101 人,素材总时长达 200 多小时,其中年龄最大的是现年 102 岁的时任志愿军炮兵第 1 师师长文击。

片中,讲到清川江大桥保卫战志愿军战士下水修桥时,91 岁

的原志愿军工兵第16团战士于泽用颤抖的手从腿部往胸部比画着："当时气温零下30多（摄氏）度，把血管冻黑了，上来以后就得把腿锯掉，你不锯掉，它继续黑，人就完了。"

讲到上甘岭战役时，92岁的原志愿军战地记者陆柱国声音沉重："最后在上甘岭上抓起来一把是什么？是碎石头、炮弹渣、人骨头。"

讲到牺牲在雪地里的志愿军官兵仍然手握钢枪，注视前方，保持着冲锋时的状态，93岁的原志愿军第20军89师作战科书记李士瑜热泪横流："当时打扫战场的人非常感动，也很激动，说了两句话：勇士和阵地同在，英雄和日月同辉。"

"感谢这100多位老战士，没有他们，片子不会有这样的质感；没有他们，我们不可能说清楚什么是英雄儿女。"闫东说。摄制组还将百名志愿军老战士有血有肉的精彩讲述制作成了微纪录片——《我的抗美援朝故事》，作为国家记忆、民族珍藏。

增强艺术感染力

"（我）握了毛主席的手，毛主席说：'黄妈妈你好哦！多亏你把黄继光教育得好，教育他为人民服务。'我赶忙又说：'你毛主席教育得好，培养得好。'毛主席说：'你生得好，养得好！'"这段四川方言的女声语音，出现在《英雄儿女》第6集，清晰、亲切，仿佛就发生在昨天。这是黄继光母亲邓芳芝的原声资料。1953年4月，黄继光壮烈殉国半年后，邓芳芝参加全国妇女代表大会，毛泽东主席3次和她见面握手。这段珍贵资料是该片资料编辑组在中央广播电视总台音像资料馆中发现的。

这是《英雄儿女》的另一亮点：原始影音素材的突破性发现和首次使用，为该片增添了独特的历史价值和强烈的艺术感染力。据介绍，该片收集整理影像资料约 1.5 万分钟，全片共使用 149 分钟。

独家披露的影音资料还包括：从俄罗斯照片和电影档案馆发现的 1949 年 10 月 1 日，毛岸英作为翻译陪同周恩来和邓颖超在北京会见苏联文化科学艺术代表团访问时的彩色影像；从中央档案馆发现的彭德怀在中央政府委员会第 24 次会议作《关于中国人民志愿军抗美援朝工作报告》的原声音频资料等。

该片还讲述了许多抗美援朝题材的文艺作品诞生背后的故事。如《中国人民志愿军战歌》的歌词，最早源自部队进行临战动员时官兵们的请战书；著名豫剧表演艺术家常香玉不但巡演筹款，为志愿军捐飞机，还专门为抗美援朝义演创作了豫剧《花木兰》。

此外，全片 312 分钟，有时长 50 分钟的三维特效镜头，所有地图特效均使用现代卫星遥感的风格表现。闫东表示，许多色彩和运动镜头的运用，包括在讲述长津湖等重要战役时加入大量动画，是为了吸引更多年轻观众，让下一代更好地铭记这段历史。

引发强烈反响

纪录片《英雄儿女》播出后，引发各界强烈反响和热烈称赞。

洪学智将军之子、吉林省原省长洪虎说："这部片子没有请专家进行评述，都是当事人现身说法，增加了真实性，让人信服！"

中国人民解放军军事科学院国防科技创新研究院政委卢周来少将评价该片："写战事条理清晰，写人物感人至深，写精神直达人心！"

　　上海文化广播影视集团版权资产中心暨上海音像资料馆版权采集部主任翁海勤说，这部纪录片有两点令他印象深刻，"一是珍贵史料的挖掘和发现成为本片创作的有力支撑；二是各种资料的综合性、多元化呈现使历史叙述更富感染力。"

　　90岁的古文正曾任志愿军第20军58师174团班长，看了《英雄儿女》后，他说："非常感动，也非常激动。我好像又回到战场上，看到我的战友，看到志愿军的同志们。有些镜头很珍贵，我也是第一次看到。"

　　更有大量网友纷纷留言："耄耋之年的志愿军老兵与当年胶片上的热血青年同时再现，这是何等的震撼！""这部纪录片流露出创作人员的一腔热血和真情实感！""叙事时间线很清晰，故事讲得特别好。鲜活又深刻！点赞！"

　　抗美援朝战争中，中国人民志愿军先后有290万人参战，19万多人牺牲，他们的英灵永远融进了三千里江山。闫东说，当年许多战士都只有20岁左右，"从片子里我们可以看到当时的年轻人对家国、亲情的守护，对梦想、信念的追求。没有他们的牺牲，就没有我们今天的和平安宁。敢于牺牲，敢于战斗，中华民族才能够生生不息"。

（《人民日报》（海外版）2020年10月28日，记者：苗春）

铭记英雄是我们永远的信念和责任

——访六集大型纪录片《英雄儿女》总导演闫东

2020 年 9 月 27 日，第七批在韩中国人民志愿军烈士遗骸回国，百忙之中的闫东没有错过央视新闻的直播。不仅因为这是与他担任总导演且正为之忙碌的纪念中国人民志愿军抗美援朝出国作战 70 周年大型纪录片《英雄儿女》有关的一段素材，更因为一直以来内心深处一段深沉的情感。"英魂归故里，山河换新颜。亲人没有忘记他们，祖国没有忘记他们，我们永远不会忘记他们。"

对闫东来说，《永远铭记》并不仅仅是纪录片《英雄儿女》第六集的片名，更是制作这部纪录片的初衷，是一个永远要坚守的信念。这也是他为什么一定要把 2020 年 9 月 30 日"烈士纪念日"的内容放在整部片子开篇的原因。"自 2014 年以来，每年的这一天，以国家的名义进行隆重的纪念，向英雄致敬。铭记历史，缅怀烈士，是我们每一个中国人不能忘却的责任。"

用抗美援朝精神来完成创作

国庆假期，纪录片《英雄儿女》剧组并未休息，"第七批在韩中国人民志愿军烈士遗骸回国""烈士纪念日向人民英雄敬献花篮

仪式"等最新内容被迅速充实进片中。从建组以来，整个剧组一直如此紧锣密鼓却有条不紊地高效运转。

闫东说，这是他30年创作经历里创作周期最短的一次。6月30日，在台里的一次紧急会议上，"领导点了我的将"。这是总台纪念中国人民志愿军抗美援朝出国作战70周年的重点项目，而且距离播出仅剩下满打满算的3个月，所有的策划、文案、拍摄、后期、审片，都要在这3个月内完成，时间紧，任务重，但"我没有任何胆怯，内心反而非常兴奋，这是一个光荣的任务"。

闫东对长征和抗美援朝这两个题材充满了感情，用影像去触摸那段波澜壮阔的历史一直是他的愿望。2016年，纪念红军长征胜利80周年，他创作了8集大型纪录片《长征》，没想到，在纪念中国人民志愿军抗美援朝出国作战70周年之际，领导又将创作纪录片《英雄儿女》的任务交给了他。

在闫东看来，70年后的今天，重温那段抗美援朝、保家卫国的历史，意义重大。"如今的世界正处于百年未有之大变局，特别是受新冠肺炎疫情影响，国际战略格局发生重大变化，在新的历史条件下，我们更需要从这段历史中汲取战略意志、战略智慧和不断夺取新胜利的强大精神力量。"

6月30日晚上，闫东将近一宿没睡。"此前有过不少同题材作品，正在创作中的也不少。不做则已，要做，就做有影响力的、有传播力的精品力作。我也在会上立下军令状，周期虽然紧张，但我和我的团队一定能够用抗美援朝精神克服任何困难，坚决完成任务。"7月1日一早，一个由精兵强将组成的团队在位于央视影视之家的创作基地集结。"总撰稿是江英和刘岳两位大校，6位分集导演里有5位都曾有过军旅生涯，他们都对这段历史有非常扎实的研究。"闫东说："我们没有时间再去熟悉选题，有限的时间内唯一

2020 年 7 月 1 日，
纪录片《英雄儿
女》在中央电视
台影视之家召开
建组工作会

要做的就是创新，选择一个好的角度去突破，赋予这部片子独特的
气质。"

柴云振的故事每次看都感动

抗美援朝，打出了人民军队的军威，打出了新中国的国威，打
出了中国人的骨气和尊严，让世界震惊。"这是肉体上也是精神上
的搏杀，人的因素至关重要。"闫东说，六集纪录片，每一集都围
绕着"人"这一关键词展开，片中有高瞻远瞩的领袖人物，有浴血
奋战的志愿军指战员，有踊跃支前的工人、农民、文艺工作者、医
生、爱国工商业者，还有为志愿军缝军装、做炒面的普通群众，以
及在各行各业努力为抗美援朝作贡献的人。这也是片名之所以叫作
《英雄儿女》的原因，正是这一个个英雄儿女汇聚起来，多角度、
全景式展现了抗美援朝那段可歌可泣的历史，展现了志愿军将士视
死如归、保家卫国的精神，全国人民万众一心、众志成城的爱国情

怀和中华民族不畏强暴、维护和平的责任担当。

创作中，闫东提出的要求是，每一集里起码要有七到八个有血有肉而且能用影像支撑起来的典型故事。经过对大量素材的梳理和遴选，最终呈现在片中的很多故事都感人至深。"有一个故事，我每看一次都要流眼泪。"闫东说。那是志愿军英雄柴云振的故事。在朴达峰阻击战中，柴云振身受重伤，昏死过去，被转移到后方医院，与原部队失去联系。一度传说他已牺牲，但第15军军长秦基伟却坚持："一定要找到柴云振，找不到柴云振，我死不瞑目！"1985年，老兵柴云振被找到。抗美援朝战争结束后，他拿着三等乙级残疾军人证，复员回到自己的家乡四川岳池务农已有多年。面对迟来的荣耀，老人心静如水。当被问及需要组织为他做点儿啥时，柴云振云淡风轻般挥了挥被敌人咬掉半根指头的手：没得啥，没得啥，都好！都好！

还有1953年4月，黄继光壮烈殉国半年后，黄继光的母亲邓芳芝当选为全国妇女代表，出席全国妇女大会。毛泽东特地请邓芳芝到中南海做客。一位烈士的父亲的手和一位烈士的母亲的手紧紧握在了一起。毛泽东说："你失去了一个儿子，我也失去了一个儿子，他们牺牲得光荣，我们都是烈属。"两位老人，领袖与百姓，共同为我们诠释了什么才是真正的家国情怀。

"我们特地从中央人民广播电台找到了黄继光母亲邓芳芝当年接受采访的录音带。"闫东介绍，创作伊始，主创们就一头扎进总台音像资料馆、中央新闻纪录电影制片厂（集团）、中央档案馆、中国人民革命军事博物馆、国家图书馆等资料库，共收集整理影像资料约1.5万分钟、音频资料约1500分钟，还有相当一部分从美联社、路透社等辗转购入的外媒资料，大量丰富、鲜活的原始素材造就了这部片子的真实感、现场感和独特魅力。

一段新中国成立初期，毛岸英作为翻译，陪同周恩来、邓颖超接见来访的苏联文化科学艺术代表团成员和中苏友好协会总会成员的珍贵影像，此次是在国内首次披露。闫东说："这是当年由苏联方面拍摄，我们从俄罗斯一家档案馆找到的。"视频里的毛岸英清隽英挺，是一名出色的翻译官。"你看周总理一回头看毛岸英的眼神，多么温暖，多么慈爱，充满了对这个青年的欣赏和厚望。看了这个片段，再看到毛岸英牺牲的段落，很多人都哭了。"

除了扎实的资料，片子里最动人的部分，要数这百位志愿军老战士的采访。一个个鲜活的面孔，一句句充满情感的口述历史，构成了这部片子最具情感冲击力的段落。

从《大鲁艺》《东方主战场》《长征》《我们走在大路上》等作品一路走来，闫东一直特别注重原创。之前做《长征》和《东方主战场》时，他们也曾大范围采访过红军老战士和抗战老兵，与之相比，健在的抗美援朝老战士在数量上更多一些，但毕竟也都在八九十岁乃至百岁高龄，再加上疫情尚未全面结束，采访面临着许多困难。

不过，"困难再多，也要不惜一切代价拿下。"闫东说："我们唯一关心的是，这么短的时间内，我们还能完成多少人的采访。"几乎是在建组的同时，一项复杂而系统的调研工作也在迅速铺开。"在军队和台里的大力支持下，我们组成了一个几十人的、以导演团队为中心的联络工作组，去了解还有多少健在的志愿军老战士，给他们每个人都制作了一张表格，上面是他们的部队番号、个人履历、健康状况等等，在此基础上再去分析选择适合的采访对象。"

在科学高效的统筹规划之下，7月底的一个周末，剧组集中发力，兵分多路，只用了两天时间，就完成了北京地区近40人的

采访。随后，采访组又先后奔赴山东、辽宁、吉林、江苏、上海、湖北、广东多地，最后采访到的志愿军老战士达 101 人，其中年龄最大的是 102 岁的时任志愿军炮兵第 1 师师长文击，年龄最小的是 80 岁的时任志愿军工程兵文工团团员艺兵。采访组每一次转道，会由专人专程将原始素材送回创作基地，"因为这些素材弥足珍贵"。

在闫东看来，这次大范围采访志愿军老战士，不仅仅是为了《英雄儿女》一部片子，同时也是为总台乃至为国家留下一批宝贵的影像资料。除了大量原创采访，他们还从历年的相关采访资料中挖掘出不少精华内容。"可以说，这部片子是我们纪录片工作者不断积累、共同完成的思想表达。我们在每一段采访中都注明了采访拍摄的时间，以此向同行们致敬。"

"空中拼刺刀"打的是不要命

通过片中志愿军老战士的讲述，我们可以了解到许多有关那场战争的"活"的细节，那种真实而充满亲切感的、独具亲历者视角的体验和表达所带来的打动人心的力量，是采访任何复述者、转述者或者军史专家都无法达到的。

"遇上敌人空袭的时候，在坑道里面特别难受，这俩耳朵就像两个锥子扎进去再拔出来一样，五脏六腑都振动了。"91 岁的汪学文老人告诉闫东。对闫东来说，这是一位"特别"的采访对象。"他是我的一个亲戚，我应该叫他表大爷（伯伯）。以前对他的了解不太多，只知道他参加过抗美援朝，借着这次机会，我和他好好地聊了聊。从他的身上，从这 100 多位志愿军老战士身上，我能感受到他们作为军人在战场上的那种气节，我们的战士也许年纪比较小，也许身材没有那么魁梧壮硕，但是他们的内心十分强大，中国人民志愿军就是最有血性的！"

2020 年 8 月 17 日，总导演闫东在张家口市采访时任志愿军第 46 军 136 师 407 团参谋汪学文

在上海，闫东采访了 87 岁的空军战斗英雄韩德彩。参加抗美援朝时，他还不到 20 岁。一次突遇美机偷袭，韩德彩为了援救战友，不顾自

2020 年 8 月 7 日，总导演闫东在上海采访打下 5 架敌机时任志愿军空军第 15 师 43 团 1 大队飞行员韩德彩

己驾驶的飞机油量警告灯已经亮起，一推油门撞向美机，最终迫使美国"双料王牌"飞行员费希尔不得不跳伞求生，后被我军俘虏。"我问他，您岁数这么小，怎么就这么厉害？他说，两架飞机空中'拼刺刀'，打的是技术是智慧，但说白了，打的还是不要命，是你到底怕不怕死。"狭路相逢勇者胜。接受采访时，老人特意穿上一身军装，戴上珍贵的纪念章，言语之间，还带着当年横刀立马、敢打必胜的锐气与豪情。

"感谢这 100 多位志愿军老战士，没有他们，片子不会有这样的质感，没有他们，我们不可能说清楚什么是英雄儿女。"闫东说。

英雄儿女

大型纪录片《英雄儿女》抢救式采访 101 位志愿军老战士

经典作品打开了解历史之窗

在闫东看来，提到新中国成立初期的文艺创作，就不能不提抗美援朝，这一时期涌现出大量广为群众喜爱的优秀文艺作品，在新中国文艺史上写下灿烂的一页。在纪录片《英雄儿女》里，歌曲《中国人民志愿军战歌》《我的祖国》；电影《奇袭》《英雄儿女》；豫剧《花木兰》等鼓舞了一代代中国人爱国热情的文艺佳作，被巧妙地融合进故事讲述之中。

纪录片还讲述了这些文艺作品创作的幕后故事。我们熟悉的《中国人民志愿军战歌》，歌词最早源自部队在进行临战动员时官兵们的请战书。"保卫和平，保卫祖国，就是保卫家乡"成了热词，战士们在发言中说要"雄赳赳，气昂昂，横渡鸭绿江"；几乎所有发言中都有"打败美国野心狼"这句口号。当时身为志愿军炮兵第1师连指导员的麻扶摇，将此整理成一首出征诗，代表全连在团誓师大会上宣读。著名作曲家周巍峙在报纸上看到这首诗，激动不已，只用了半个小时时间，就在一张草稿纸上谱出了曲子。

许多人都知道著名豫剧表演艺术家常香玉通过剧社巡演筹款，为志愿军捐飞机的故事，但您也许不知道，备受群众喜爱的豫剧《花木兰》，正是常香玉为抗美援朝义演专门创作的。常香玉生前在一次采访时这样说："《花木兰》里有两句词是这样讲的，国家有难，匹夫有责。"生动的细节伴着耳熟能详的旋律，为我们了解那段历史打开了独特的窗口。

纪录片片尾的主题歌最后选择了《英雄赞歌》，它是电影《英雄儿女》的插曲。"歌词、旋律都与那个时代、环境乃至历史的空气融在了一起，与我们纪录片的气质非常吻合。"闫东也曾和不少词曲作家朋友

2020年9月6日，总导演闫东（左）在录音棚与合作30余年的作曲家刘为光（右）和音乐编辑（毛薇薇）讨论主题曲录制细节

探讨过，是否需要为这部纪录片重新创作一首主题歌，但大家都觉得，"还是这些经典老歌厉害，太有魅力了！它们的生命力经过了时间检验。"

精神的力量不会随时间流逝

除了有经典老歌勾起中老年观众的怀旧记忆，一向重视年轻观

众的闫东，还十分注重让片子在叙事上"寻找年轻人阅读的节奏"，许多色彩和运动镜头的运用，包括在讲述长津湖、上甘岭等重要战役时加入大量动画，都是希望能够吸引更多年轻人来观看这部片子。

闫东说，实际上当年大量的抗美援朝参战战士，都是在 20 岁左右，他们用自己年轻的生命和鲜血，捍卫了祖国安全，维护了世界和平。"从片子里我们可以看到当时的年轻人对家国、亲情的守护，对梦想、信念的追求。没有他们的牺牲，就没有我们今天的和平安宁。'抗美援朝、保家卫国'，这 8 个字是一体的、不可分的。敢于牺牲，敢于战斗，中华民族才能够生生不息。"

说起此前互联网上一些打着考据求证的幌子，对历史进行无中生有的质疑，甚至对黄继光、邱少云等烈士进行突破底线的恶搞和调侃，闫东说："敲敲键盘就能'扒'到'真相'？多么荒唐。对那段历史没有了解或了解不够的人，应该好好补上这一课，来听听我们片子里的亲历者都是怎么说的。"

一个有希望的民族不能没有英雄，崇尚英雄、缅怀先烈，是我们最基本的价值观、最朴素的情感认同，也应该成为我们最坚定的信念和行为自觉。

闫东说："这部纪录片就是要讲述英雄故事，讴歌英雄精神，虽然现在时代不同了，但这种精神的力量不会随着 70 年过去而流逝，一代又一代年轻人会从中寻找和唤起他们的战斗豪情，扎扎实实、兢兢业业做好自己的本职工作。事实上每个时代的人都有自己的'战场'，比如这次中国战'疫'，许多人'逆行'踏上抗击新冠病毒的战场，他们是新时代的英雄儿女。"

（《中国电视报》2020 年 10 月 15 日，记者：孙莲莲）

二维码索引